너의 이름은

너의 이름은

박효진 수필집

도서출판 북인

작가의 상상력과 독자로서의 상상력을

유한근/ 문학평론가, 인간과문학 주간

박효진은 문학평론가이다. 『에세이문학』에서 수필가로 등단하기 전, 『인간과문학』 신인작품상 문학평론 부문에 필자의 심사로, 소설가 공지영의 작품론으로 당선된 평론가이다. 이때 나는 이렇게 심사평을 쓴 바 있다. "박효진의 「실존과 죽음을 소환하다」는 공지영의 단편소설 「존재는 눈물을 흘린다」에 대한 담론이다. 작가의 지명도에 비해 이 소설에 대한 평가는 빈약하다. 그럼에도 이 소설을 비평적 텍스트로 삼은 것은 신인으로서의 도전과 이 소설이 발표된 1990년대 한국소설의 판도와 2020년을 앞두고 있는 지금의 시각을 공시적으로 관망하며 비평의 창작 의지를 보여주고 있다는 점에서 당선작으로 결정한다"라고 했다.

박효진은 등단 이후에도 박완서, 이상문 등의 소설평을 써왔다. 그럼에도 불구하고 그는 문학평론가이기 이전부터 이미 수필을 써왔다는 사실을 알게 되었다. 그리고 평론집보다는 수필집을 먼저 펴내게 되었다고 보내온 수필들을 일별하면서 그의 작가적 재능을 새삼 가늠할 수 있었다. 어쩌면 평론가적 재능보다는 수필자적 혹은 소설가적 재능이 더 많음을 의혹했다. 물론 넓은 의미에서 문학평론도 에세이라는 의식을 가지고 있는 나로서는 그것이 문제가 되지 않지만 작가로서의 재능에 대한 발견은 새삼스러운 것이다.

그의 작가적 재능을 여실히 볼 수 있는 작품은 수필「봉정사 가는 길」이다. 이 수필은 소설 문체처럼 보여주기 방식으로 봉정사 입구의 카페에서의 에피소드와 상념을 묘사하고 있다. 보여주기 방식도 극도로 절제된 소설 미학으로 보여준다. 이 수필의 제목을 보면 모티프는 사찰 탐방과 그 사찰과 관계되는 스님의 불교 이야기일 것이라는 선입견을 갖게 한다. 그러나 이 수필은 봉정사 앞 카페의 여주인의 남편이 된 '그'의 이야기를 모티프로 하는 수필이다. '그'와의 이야기를 수필에서는 행간 속에 숨겨놓고 있다. 그러나 수필의 분위기를 볼 때 '그'와는 관계가 특별한 관계임을 짐작하게 된다. 헤어진 지 20년이 지나 '그'가 봉정사에 있다는 이야기를 듣고 찾아간 봉정사 앞 그 카페에서의 작가의 상념이 짤막한 한 편의 소설을 읽는 것처럼 보여주는데, 그 구성 미학이 다분히 소설적이라는 점에서 그의 작가적 재능을 볼 수 있다.

수필은 자아구현의 문학이다. 시와는 달리 수필은 자기 체험의 이야기와 그 체험을 통한 사유를 통해 자아구현이 가능한 문학 장르이다. 이에 입각하여 박효진은 자아구현을 위한 단계를 삶의 연보로 몇 단계 나눈 것으로 보인다. 그 하나는 수필「400만 원의 이자」와「너의 이름은」에서 보여준 유년시절과 학창시절의 이야기가 그것이고. 그 둘은 수필「양구 맨해튼을 아시나요」에서 보여주고 있는 신혼시절 남편의 임지에 따라 살았던 양구라는 공간에서의 삶의 이야기가 그것이고. 그 셋은 수필「볼 수 있어요」에서 지금 자신의 정체성을 보여주는 자아구현의 수필이 그것일 것이다. 그러나 그 넷은「봉정사 가는 길」의 한 새로운 수필의 기능 지표를 보여주고 있는 단계의 것들이다. 앞서 작가적 재능을 보여주고 있는 이 수필은 팩션수필의 가능성을 보여주는 작품이지만 이에 대한 언급은 이른 듯해 여기에서는 유보한다,

「400만 원의 이자」는 통장에 400만 원을 남기고 간암으로 돌아가신 아버지와 아버지를 대신해서 가족 부양책임을 맡은 어머니의 이야기를 통장 잔고 400만 원을 모티프로 쓴 수필이다. 이 수필에서 작가는 결말 부분에 "아빠가 남긴 통장 잔고는 이자가 붙어 결국 집 한 채로 돌아왔다. 400만 원에 붙어온 이자는 엄마의 고된 피땀이었다" 라는 인식으로 중2 학창시절의 체험을 소환하여 가슴 아픈 이야기를 객관화하고 있는 점이 주목된다.

그리고「너의 이름은」은 책갈피에 끼워 보관하는 네잎클로버의 체험과 복지사로 근무할 때 잔디밭의 잡초 뽑기에 대비하여 삶에 대한 지혜를 다짐한다. 그 사유의 결과물은 결말 부분이다. "다만 지금의 나로 단단하게 만들어준 토끼풀을 오래도록 기억하고 싶어서이다.

가끔 감정이 흔들릴 때 토끼풀처럼 살고 싶었던 그때를 떠올리련다. 나 스스로 선택한 것에 대해 끝까지 믿을 것이다. 힘든 일이 눈앞에 나타나도 포기하지 않고 도전할 참이다. 내가 결정한 일에 대해 열정을 다하고 싶다. 가끔 후회가 밀려와 아쉬움이 들 때도 있겠지만 나는 내가 정해놓은 길을 씩씩하게 걸어갈 것이다"는 다짐이 그것이다.

수필 「양구 맨해튼을 아시나요」는 신혼 초 양구군 임당리의 15평 군인아파트에서의 힘들었던 시골살이에서 벗어나 양구읍내 30평 아파트 새 집으로 이사한 감회를 모티프로 한 수필이다. 모티프로 볼 때 이 수필은 독자들에게 새롭지 않다. 그러나 작가는 이 모티프를 새롭게 인식하게 보여준다. 평범한 제재를 비범하게 보여주려는 수필미학 때문이다. 그 인식은 아파트에서 내다보는 양구읍내의 밤거리를 맨해튼의 밤거리로 상상하고 있는 부분이다. "거실에 이불을 깔고 누워 통유리로 밖을 내다보았다. 쉬 잠이 올 것 같지 않았다. 불이 꺼지지 않는 양구읍내의 밤은 새벽 동이 틀 때까지 나를 설레게 했다. 눈을 감아도 떠도 맨해튼의 밤거리가 어른거렸다. 나는 시간 가는 줄 모르고 맨해튼의 밤거리를 하릴없이 서성이며 연신 콧노래를 부르고 있었다"는 결말 부분이 그것이다.

이러한 작가의 상상력도 주목되지만 "'양구의 맨해튼'을 바라보며 짜장면을 먹었다. 남산타워 레스토랑에서 먹는 스테이크가 이보다 맛있을까. 20년 전 엄마의 피땀으로 구입한, 진짜 우리 집으로 이사한 날 먹었던 짜장면이 떠올랐다. 단맛, 쓴맛을 경험한 뒤 내 집으로 이사하는 날에는 꼭 짜장면을 먹어야 한다는 엄마의 말씀은 역시 옳았다"는 작가의 인식도 재미있다. 이 인식이 사소한 일에 행복해하는 보통사람들의 '소확행'이기 때문이다. 소확행에 대한 환기喚起이기 때문이다. 박효진 작가에게 있어서 '양구'라는 공간은 고향이라는 원체험 공간보다도 어쩌면 더 고향과도 같은 공간이라는 인식을 같은 맥락의 수필들 곳곳에서 느낄 수 있다는 점에서도 주목된다. 작가의 작품 세계에 영향을 미치는 것이 시간이기는 하지만, 이에 못지않게 공간에 대한 인식이 얼마나 중요한가를 박효진의 양구를 모티프로 하는 수필에서 보여주고 있기 때문이다.

수필「볼 수 있어요」는 남편의 화상 수술과 작가의 안과 수술을 제재로 한 수필이다. 그러나 제목이 시사하는 바처럼 이 수필은 작가의 '망가진 시력'을 메인 모티프로 한 수필이다. "이미 망가진 시력은 다시 회복될 수 없다던 의사의 판명은 나에게 앞으로 살아갈 희망조차 포기하게 만들었다. 지금까지 바동거리며 살아온 삶이 서러웠다"라는 토로가 이를 대변한다. 이렇듯 이 수필은 작가의 자아정체성을 몸으로 직접 다룬 수필이다. "집으로 돌아가는 길에 앞을 못 보는 상황에서 행복하게 사는 법을 생각해보았다. 아무리 생각해도 그것은 희망 없이 고문을 받는 삶, 그 자체였다"라는 처절한 인식을 통해 진솔하게 토로함으로써 수필문학의 감동코드를 보여주고 있는 수필이다. 그것은 작가의 진솔함과 진정성이다. 그리고 이 수필의 결말 부분인 "그래도 나는 불편하나마 앞을 볼 수 있다. 내 눈으로 세상을 볼 수 있다는 것은 나에게 살아도 된다는 허락과도 같은 것이다. 지금처럼만 살 수 있다면 더 큰 욕심은 바라지 않는다. 책을 볼 수 있고 좋아하는 사람들과 마주할 수 있다는 것, 그것은 나에게 축복과도 같은 거니까"라는 깊은 사유의 힘을 보여주는 것이 수필의 감동코드임을 박효진 작가는 환기시켜 준다.

이렇듯 박효진 수필은 자아구현의 문학으로서 지난 학창시절, 신혼시절 등의 에피소드를 소환하여 그것을 시공간적으로 인식한다. 그것은 자신의 정체성 밝히기를 위한 수필창작 첫걸음의 소산이다. 그 발걸음이 어설프지만 그가 작가로서 갖추어야 할 작가적 상상력을 지니고 있다는 점에서 안심이 되는 부분이다. 작가의 상상력이 중요한 만큼 독자의 상상력도 중요함을 기억해야 한다.

끝으로 문학평론가로서의 그의 직분을 잊지 않기를 바란다. 작가로서의 첫 수확을 축하하며 더 큰 수확을 위한 정진을 부탁한다.

책을 펴내며

나에게 보내는 끝나지 않는 질문

나는 왜 글을 쓰는 걸까. 글을 쓰기 시작한 후부터 이 질문을 놓아본 적이 없다. 하지만 아직도 마땅한 이유를 찾지 못하고 있다. 명쾌한 해답을 얻는 그날까지 계속해서 글을 쓴다면 알 수 있을까.

하루하루 거르지 않고 글을 썼다. 글재주도 없고, 특별한 지식도 없기에 그냥 부지런히 쓰는 연습만 했다. 돌아보니 그렇게 써내려간 글은 '나'를 찾아가는 이야기였다. 글 속에서 나는 과거로 미래로, 시간의 경계를 넘으며 새로운 세상을 만나고, 놓쳤던 인연들과의 조우와 기억에서 사라졌던 소중했던 이들을 생각하고 있었다. 그들과 만드는 공간을 걸으면서 나는 다시 태어나는 기분이 들었다.

글을 쓰면서 나에게 변화가 생기기 시작했다. 빠르게 걷던 걸음이 속도를 줄였고 운전보다는 버스나 지하철을 타게 됐으며 음식을 먹을 때도 느리게 먹으며 생각하는 시간이 많아졌다. 작은 소리에 귀

기울였던 것도 그 즈음부터였던 것 같다. 꽃 한 송이 바람 한 점, 구름과 빗물방울들이 수없이 내게 말을 걸어준다는 것도 알게 되었다.

3년 전 백지로부터 시작한 글쓰기는 운이 좋게도 1년 뒤 '이제 문예지에 글을 발표해도 된다'는 허락을 얻었다. 비로소 내 글에 대한 책임감이 생겼다. 어떤 일이든 시작이 힘들고 그것을 지속하는 일은 더 힘들다고 하던데 준비가 덜 된 이른 등단으로 글은 쓰면 쓸수록 어렵고, 그야말로 좌충우돌이 따로 없다. 하지만 여기저기 멍이 들면서도 나는 멈추지 않고 지금까지 쓰고 있다. 이게 아니다 싶으면 쉽게 손을 놓아버리곤 했지만 이제는 포기하지 않는 나를 나에게 보여주고 싶다.

글도 나이를 먹고 유행을 탄다. 걸음마시절부터 써놓은 글을 언제까지 쌓아놓을 수만은 없어서 지금이라도 책으로 엮어보기로 용기를 냈다.

나는 부족한 게 많은 사람이다. 타고난 재능도, 흥미도, 지식도 어느 것 하나 제대로 갖추지 못했다. 거기다 이런저런 핑계를 대며 글쓰기까지 게을리했다. 그런 나에게 옆에서 따끔하게 충고해주고 격려해주신 선생님과 내 글의 주인공이 되어준 엄마와 언니들이 있어서 여기까지 올 수 있었다. 감사의 마음을 전한다.

글을 쓴다고 했을 때 군소리 없이 지원군으로 나서준 남편에게도 고마움을 전한다. 그가 있어서 마음껏 쓸 수 있었다.

내가 왜 글을 쓰는지 그 이유를 언제쯤 찾을 수 있으려나. 그 이유를 알 때까지 나는 평생 글쓰기를 멈추지 않을 것이다.

2023년 정월

박효진

차례

제4부 무지개 그녀

제5부 참 닮았다

제1부
악마를 만난 이후로

너의 이름은

갖가지 꽃들이 만발한 어느 봄날 오후, 길을 걷다가 토끼풀군락지를 만났다. 나는 그대로 쪼그리고 앉아 습관처럼 네잎클로버를 찾는다. 혹여 행운이라도 만나지 않을까 하는 기대감에 눈이 바쁘다. 얼마나 찾았을까, 네잎클로버를 발견한 나는 행운이라도 잡은 듯 가슴이 설렌다.

유럽이 원산지인 토끼풀clover은 목초로 심던 것이 야생화된 것이다. 보통은 잎이 세 개지만 변종인 네 잎은 행운이 깃든다는 속설이 있다. 각각의 잎마다 희망·신앙·애정·행복을 의미하는데, 그 속설을 믿어서라기보다는 쉽게 찾아지지 않아, 하나라도 발견하게 되면 행운을 잡은 듯 기분이 좋아진다.

학창시절 네잎클로버를 따면 책갈피에 끼워 보관하곤 했다. 친구에게 편지를 쓸 때나 일기장을 장식할 때 말린 클로버를 붙였다. 코팅을 하여 서랍에 간직했다가 선물 포장할 때 함께 끼워 보내기도 했다. 토끼풀은 그 외에도 쓰임이 많아, 꽃으로는 반지를 만들거나 목걸이, 팔찌, 화관 등을 엮기도 했다. 한껏 봄 향기를 내뿜는 토끼풀군락지를 만나면 바라보기만 해도 행복했다.

그러나 토끼풀에 대한 풋풋한 감성이 몇 년 전 '잡초 뽑기'를 하면서 기억에서 잠시 멀어졌다. 사회복지사로 일할 때였다. 근무지의 마당 넓이가 100평이 넘었는데, 시설장은 정원의 조경에 관심이 많아 하루에도 몇 번씩 정원 가꾸기에 정성을 쏟았다. 특히 잡초 제거에 공을 들였다. 조경석이나 본인이 심지 않은 꽃들 외엔 모두 잡초라 하며 예민할 정도로 싫어했다. 내가 좋아하는 야생화도 잘 다듬어진 정원에서는 불청객이었다. 그 중 시설장이 제일 싫어하는 잡초는 토끼풀이었다. 정원의 토끼풀은 강인한 생명력과 번식력으로 눈에 띄게 세력을 넓혀나갔다. 나는 그곳에 근무하는 동안 정원관리사도 아니면서 매일 잔디밭 토끼풀을 뽑아야 했다.

비가 온 다음에는 잔디밭이 온통 토끼풀 세상이었다. 뿌리째 뽑아냈다고 자신했는데 그게 아니었다. 매번 약 올리듯 돋고 또 돋아났다. 이 짓을 언제까지 해야 하나 싶었다.

처음 잡초 뽑기를 시작했을 때, 나는 무조건 많은 양을 뽑아내야 한다는 강박증에 시달렸다. 몇 시간씩 잡초와 씨름하다보면 다리가 저리고 어깨와 허리가 뻐근하면서 무릎과 팔꿈치, 손목까지 시큰거렸다. 나에게 노동은 시간이 지난다고 익숙해지는 것도, 발전이 있는 것도 아니었다. 요령이 조금씩 늘어갈 뿐이었다. 하루는 넓은 마당을 여러 등분으로 나눈 뒤 그날의 목표치를 정해보았다. 시간이 걸리더라도 뿌리째 뽑아내기로 했다. 노동도 경우에 따라 쾌감을 느낄 수 있다는 걸 그때 처음 알았다.

토끼풀처럼 살고 싶다고 다짐한 적이 있다. 다섯 자매 중 막내인 나는 센 언니들 사이에서 생존을 위한 비굴함을 택했다. 어떻게 하면 칭찬받고 예쁨받는지를 경험으로 터득했다. 사회생활을 하면서도 마찬가지였다. 나를 조금만 숨기면 어떤 문제도 생기지 않았다. 서로 간에 갈등을 일으키는 것보다는 조금 내려놓고 내 것을 덜 챙기는 쪽을 택했다. 낙오자가 되는 것보다 어떻게든 버티는 쪽이 현명하다는 생각이었다. 잡초처럼 산다는 말은 나에게 부정적인 의미가 아니었다. 강인한 생명력으로 끝까지 버티는 것만이 잡초의 의무라고 생각했다.

일에 차츰 적응이 되면서 골칫거리였던 토끼풀이 점점 친근하게 느껴졌다. 시설장에게는 잔디밭 토끼풀이 애물단지였겠으나, 나에게는 그렇지 않았다. 뽑아도 없어지지 않는 풀이란 것을 그들도 알고 있었다. 어느 날부터인가 나는 정원을 정리하면서 여유롭게 네잎클로버를 찾고 있었다.

가방에서 꺼낸 시집 갈피에 네잎클로버 하나를 펼쳐 끼운다. 말렸다가 누구에게 줄 것은 아니다. 행운을 기대하는 것도 물론 아니다.

다만 지금의 나로 단단하게 만들어준 토끼풀을 오래도록 기억하고 싶어서이다. 가끔 감정이 흔들릴 때 토끼풀처럼 살고 싶었던 그때를 떠올리며 나 스스로 선택한 일에 끝까지 믿음을 가질 것이다. 힘든 일이 눈앞에 나타나도 포기하지 않고 도전할 참이다. 내가 결정한 일에 열정을 다하고 싶다. 가끔 후회로 아쉬움이 남겠지만 나의 길을 향해 묵묵히 걸어갈 것이다.

술이 좋을 뿐

냉장고 깊숙한 곳에서 소주 한 병과 단팥빵 한 봉지를 집어 든다. 씁쓸한 소주와 단팥빵의 달콤한 맛은 오묘하게 잘 어울린다. 이 둘의 궁합이 잘 맞는 걸 안 것은 어렸을 적 술심부름했던 경험 덕분이다.

일곱 살 때 매일 오후 4시가 되면 나는 천 원짜리 한 장을 들고 슈퍼마켓으로 갔다. 아빠와 같이 일했던 아저씨는 하루도 빠짐없이 나에게 술심부름을 시켰는데, 언제나 시원한 소주 한 병과 단팥빵 한 봉지였다. 나는 아저씨가 너무 가난해서 그렇게밖에 먹지 못하나 생각했다. 늘 외롭게 혼자 마시는 모습이 불쌍해보인 적도 있었다.

우리 집은 동네 아저씨들의 사랑방이었다. 아빠가 낚시해서 물고기를 잔뜩 잡아오면 엄마는 그것을 튀기고 지지고 얼큰한 매운탕까지 만들어 푸짐하게 차려냈다. 엄마는 술이라면 냄새도 못 맡았고, 아빠도 많이 드시지 않았지만 사람들을 불러모아 시끌벅적하게 한 자리하는 걸 좋아하셨다.

나도 부모님을 닮아 지인들과 떠들썩하게 한자리하는 걸 좋아한다. 손님을 초대해서 술상 차리는 것도 좋고, 친분이 깊지 않은 사람이 술 한번 마시자고 하면 친하게 지내자는 말처럼 들려 반갑다. 인간관계와 술은 떼어놓고 생각할 수 없는 것 같다. 술을 마시다보면 상대와 친해지기도 하고 때론 멀어지기도 하지만 나의 경우는 친해지는 쪽에 가깝다. 소심해서 선뜻 사람들 앞에 나서지 못하고, 마음에 담아두는 일들이 많은데 술의 힘을 빌리면 놀랍게도 자신감이 불끈 솟아난다. 어떤 사람들은 취해서 주정한다지만 나는 내면에 깔려있던 긍정의 힘이 작용하는 것이라고 믿는다.

내가 마시는 술의 종류는 상황에 따라 달라진다. 그렇더라도 지나친 독주나 여러 종류를 섞어 마시는 것은 피하려고 한다. 빨리 취해버려 좋아하는 시간을 오래 즐길 수 없기 때문이다. 천천히 마시다보면 짜릿한 취기가 서서히 오르는데 그 느낌은 기분을 좋아지게 한다. 한 잔을 따라 달고 쓴 맛을 먼저 혀끝으로 맞는다. 한 모금 툭 털어넣으면 알코올은 목구멍을 타고 내려가면서 막혔던 식도를 시원하게 뻥 뚫어준다. 이것은 오장육부를 한 바퀴 돌면서 후끈하게 열을 품고 있다가 숨 쉴 때 코끝을 찡하게 때려주며 빠져나간다. 한 잔씩 늘어갈 때마다 심장박동 수는 빨라지고 나의 행복지수도 그만큼 상승하는 것 같다.

그런데 나는 그동안 술과 교감을 나누며 여유롭게 마시질 못했다.

어느 정도 술을 마시다보면 기분에 취해 술이 술을 마시는 격으로, 술독에 빠지는 날이 많았다. 요즘도 가끔 기억이 끊길 만큼 막무가내로 마실 때가 있는데 다음날 눈을 뜨면 술김에 한 행동이 떠올라 후회스럽다.

2년 전 이사한 직후의 일이다. 술을 마신 다음날 일어나보니 온몸이 멍투성이였다. 머리에 혹이 나 있고 한쪽 어깨와 팔에 피도 묻어 있었다. 무릎은 시커멓게 멍이 들어 잘 걷지도 못했다. 무슨 일이 있었던 걸까, 전혀 기억이 없었다. 밤 늦게 택시를 탔고 아파트 앞에 내린 것까지가 내가 기억해낸 전부였다. 남편은 내가 계단에서 심하게 굴렀다고 했다. 하지만 문제는 그게 아니었다. 새로 이사 간 아파트라 술김에 헷갈렸는지 남의 집 벨을 눌렀다. 낯선 남자가 나오자 당황한 나머지 뒷걸음을 쳤고, 그대로 계단에서 굴렀으며, 문을 닫으려던 집 주인이 나를 발견하고 경찰을 불러 집까지 데려다준 것이다. 남편이 현관문을 열었을 때 경찰관이 축 늘어진 나를 부축하고 있어서 심장이 덜컥 내려앉았다고 했다. 정황을 듣고 보니 어렴풋이 기억이 날 듯 말 듯 했지만 그냥 모조리 싹 지워버리고 싶을 정도로 창피했다.

어느 날부터 혼자 술을 마시기 시작했다. 점점 낯선 이들이 모인 술자리가 부담스러워졌다. 취했을 때 나를 남들이 어떻게 생각하는지 짐작하는 것도 싫었고 술자리가 끝난 다음날 기억을 더듬어 당시의 상황을 생생하게 상기시켜주는 이들도 불편했다. 그렇다고 눈치 보고 조심하면서 마시는 술은 맛이 없다. 그럴 바에야 차라리 혼자 마시는 술이 편하고 좋다. 술이란 최상의 기분에서 마시면 그 맛이 몇 배는 달다. 나를 아껴주는 사람과 부딪히는 한 잔, 나에게 파이팅 하며 따르는 한 잔, 서로의 마음을 듬뿍 담아 오가는 한 잔의 술은 내가 살아가는 이유이기도 하다.

술에는 나를 유혹하는 어떤 힘이 있는 것 같다. 마셔보지 않으면 절대 알 수 없는 신비로움. 내가 어떻게 대하느냐에 따라 무한변신도 가능하다. 마음이 저절로 활짝 열려 무장해제가 되는 것은 좀 더 생각해봐야 할 일이긴 하다.

술에 대해 한껏 이야기하다보니 술이 당긴다. 우리 집 술창고에는 종류도 다양한 술이 있다. 오늘은 맥주가 당긴다. 냉장고 속 맥주 한 캔을 꺼내든다. 이번엔 어떤 세상을 만나게 해줄지 기대하면서.

인생공부

25년 전 엄마는 동네에 작은 백반집을 개업했다. 평소 '집밥'만 하던 솜씨인데도 손님들은 엄마의 음식을 좋아했고 소문이 나면서 아침부터 밤 늦게까지 눈코 뜰 새 없이 바빴다. 막내인 나는 언니들과 밤낮없이 바쁜 엄마한테 관심 밖이었다. 가끔 섭섭하긴 했지만 가게 문을 닫고 집에 오기 무섭게 쓰러져 잠드는 엄마를 보면 그런 마음이 사라지곤 했다.

젊어서 아버지를 잃은 엄마는 하루아침에 가장이 되었다. 어떤 식으로든 그런 엄마를 돕고 싶었지만 나는 학생이니 공부를 열심히 하는 것 외, 다른 방법을 몰랐다. 대학에 입학하면서 첫 등록금만 내주면 나머지는 내가 알아서 하겠노라고 엄마와 약속했다.

나는 다른 친구들처럼 대학의 낭만을 즐기지 못했다. 축제나 여행도 남의 일이었다. 도서관에 틀어박혀 과제와 시험공부에만 빠져 지냈다. 나와 성적이 비슷했던 친구가 외부 장학금을 받으면서부터 교내 장학금은 내가 받게 되었다. 어느 날 외부 장학금이 중단되었는데 나는 그것도 모르고 있다가 전액 장학금을 놓쳐버렸다. 다행히 2등을 하여 장학금 일부를 받기는 했지만 등록금에서 백만 원이나 모자랐다. 아르바이트도 안 하고, 용돈도 받지 않는 나는 앞이 캄캄했다. 그렇다고 엄마의 지원을 받을 수는 없었다.

고민하던 중에 학자금 대출을 받아보라는 선배의 말이 귀를 쫑긋하게 했다. 자기는 부모님이 보증을 서서 은행돈을 이자 없이 빌려 쓴다는 정보를 주었다. 이자가 없다는 말에 마음이 움직였다. 대학생이 되면서 겁 없이 신용카드로 현금서비스를 받았는데 배보다 배꼽이 더 큰 이자를 낸 적이 있다. 그 후로 카드회사에서는 두 번 다시 돈을 빌리지 않았다. 그런데 무이자 대출이라니 공돈을 챙기는 기분이었다. 엄마에게 보증을 부탁해도 원금만 갚으면 되니까 문제될 건 없다고 생각했다.

나는 전액 장학금을 받지 못했다고 엄마에게 솔직히 털어놓으며 은행에서 대학생에게 무이자로 돈을 빌려준다고 말했다. 엄마는 일그러지는 표정으로 그런 게 어디 있냐고 다그쳤다. 나는 틀림없다고 자신 있게 말했다. 엄마는 미심쩍어하면서도 그렇다면 백만 원만 빌려와보라고 했다.

다음날 엄마의 인감서류를 챙겨 은행을 찾았다. 나의 설명을 들은 상담원은 그런 조건의 대출은 없다고 했다. 엄마한테 무이자라며 큰소리쳤는데 난감했다. 선배가 말한 무이자 대출은 어디에 있는 걸까. 빈손으로 집에 돌아갈 수는 없어 거리를 배회했다. 어둑어둑해질 때쯤 대구역 근처 빌딩에 '대출상담'이란 간판이 여러 개 눈에 띄었다. 무이자로 빌려주겠다고 써놓은 곳으로 무작정 달려들어갔다. 상담원은 내가 학자금이 필요하다는 말을 끝내기도 전에 서류 한 장을 내밀며 원금균등분할상환과 원리금균등분할상환 중 하나를 선택하라고 했다. 뭘 하라는 건지…. 그 말이 그 말 같아, 그냥 이자 없는 것으로 해달라고 했다. 그는 서류뭉치를 주면서 다짜고짜 서명만 하면 된다고 했다. 순식간에 일은 진행됐고 1시간도 채 되지 않아 백만 원이 내 통장에 입금되었다. 돈 빌리는 거 어렵지도 않은데 괜히 겁부터 먹었다고 생각하며 사무실을 나왔다.

당당하게 집으로 돌아와 엄마 앞에 돈을 척 내밀었다. 엄마는 돈은 안중에도 없고 대출증서부터 꼼꼼히 살폈다. 그리고 이내 깊은 한숨을 내쉬며 조곤조곤 따졌다. 백만 원을 매달 98,900원씩 12개월로 나눠 갚으라고? 그러면 원금보다 18만 원 이상 더 내는 건데, 이게 무슨 무이자냐는 것이다. 나는 분명 이자 없는 것으로 해달라했고 주는 대로 받아왔을 뿐 잘못한 게 없었다. 엄마는 그곳에 전화를 걸어 내일 아침 당장 해지하러 가겠다며 큰소리를 쳤다.

날이 밝자 엄마는 식당 문도 열지 않고 서둘러 집을 나섰다. 나도 따라갔지만 차마 사무실까지 함께 들어가지는 못했다. 잠시 뒤 화가 잔뜩 난 얼굴로 나온 엄마는 도둑이 따로 없다며 사무실 문을 향해 고래고래 소리 질렀다. 빌린 지 24시간도 안 된 돈을 갚는데 선이자

떼고 중도상환비까지 내라고 했다는 것이다. 그때 나를 바라보는 엄마의 눈빛이 따가웠다. 어디든 숨어버리고 싶었다.

"인생, 그냥 사는 줄 알았재. 이게 다 인생공부다. 돈 주고 공부했다치라. 니 남의 돈이 무섭다는 거 이제 알겠나? 세상 공짜 없대이. 단디 기억해라."

크게 혼낼 줄 알았는데 엄마는 의외로 담담하게 말했다. 이 일에 대해서는 더 이상 말씀이 없으셨다.

어릴 때부터 부모님은 가방끈이 길어야 사회생활하면서 제대로 된 대접을 받는다고 입버릇처럼 말했다. 그래서 나는 학교공부는 싫건 좋건 시키는 대로 했다. 그런데 인생공부는 책상머리로만 하는 것이 아니었다. 직접 부딪치고 깨지면서 터득하는 것이었다. 인생이란 알면 알수록 아리송하기만 했다. 답이 없는 문제집과도 같았다. 정답은 그때마다 달랐고 답을 찍으면 옳든 그르든 오롯이 내 책임으로 돌아왔다.

얼마 전 은행에서 대출받을 일이 있었다. 집을 장만하는데 생각보다 비용이 만만치 않았다. 비상금을 모조리 털어넣고도 모자라 대출 신청을 한 것이다. 제출한 서류를 살핀 직원이 원금균등분할상환과 원리금균등분할상환 중 선택하라고 하는데 머릿속이 하얘졌다. 마음 같아서는 상담원에게 알아서 정해달라고 하고 싶었지만 꼼꼼하게 질문하고 답을 들으면서 상담을 마칠 수 있었다. 매달 갚을 돈은 이자 반 원금 반이다. 그 많은 돈을 어떻게 갚느냐가 문제인데, 고민 끝에 최장 35년 상환을 선택했다.

예측할 수 없는 게 인생인 것 같다. 그동안 지나온 날들을 돌아보면 아무리 완벽하게 계획한다 해도 어그러지는 일들이 다반사였다. 상황에 따라 그때그때 대처하며 주어진 삶에 최선을 다해 살아야 할 일이다. 도전하지 않는 인생은 발전이 없다. 부딪치며 성장하는 것이 삶이라면 지금 나는 최선을 다해 살고 있다. 실수를 좀 하면 어떤가. 젊어서 하는 공부이니 부딪치며 겪어볼 밖에.

어느 봄날의 오후

며칠 전까지만 해도 흐드러진 벚꽃으로 아파트 전체가 꽃축제였다. 만발한 벚꽃을 볼 때마다 가슴이 설렜다. 그런데 어제 내린 봄비가 수많은 꽃잎을 떨궈버렸다. 꽃잎은 여기저기 흩날려 온통 분홍세상을 만들었다.

오후 4시가 되면 아파트 놀이터는 북적인다. 뛰노는 아이들 웃음소리가 넘쳐나고, 어린이집으로 아이를 마중나온 부모들은 무리지어 꽃수다를 피운다. 비슷한 또래의 엄마들이 장바구니 하나씩 들고 오늘 저녁에 무엇을 해먹을까 고민을 나눈다. 그녀들은 집안 이야기를 하고 맞장구도 치며 왁자하게 웃는다. 터놓고 마음 나눌 수 있는 이웃 사이가 정다워 보인다. 잠시 뒤, 노란 병아리 가방을 멘 아이들이 어린이집에서 하나둘 튀어나온다. 아이들은 선생님과 인사를 마치기 무섭게 부모님 품으로 달려든다. 엄마에게 해줄 말이 많은지 연신 종알거린다. 어린이집 문 앞이 삽시간에 시끌벅적하다.

놀이터 벤치는 꽃방석을 깔아놓은 듯 꽃잎이 수북했다. 나는 쌓인 꽃잎을 한쪽으로 쓸어내고 앉아 떨어지는 꽃잎을 올려다본다. 옆 벤치에 할머니 두 분이 나란히 앉아 들릴 듯 말 듯 대화를 나눈다.

"나 오늘 아침에 죽을 뻔했어요."

한 할머니가 은밀한 비밀을 털어놓듯 힘없이 속삭인다. 다른 할머니 얼굴이 잠깐 굳어보인다.

죽을 뻔했다던 할머니는 오늘 아침 저혈당이 와서 몸을 꼼짝할 수 없었다고 했다. 마침 노인돌봄센터의 도움이 있어 극적으로 살아났다는 것이다. 이야기를 듣던 옆자리 할머니는 여전히 놀란 표정을 지으며 노인의 손을 덥석 끌어잡았다. 자기한테 연락하지 그랬냐고, 정말 이만하길 다행이라고 떨리는 목소리로 말했다. 할머니는 가족이 있어도 소용없다며 한숨을 내쉬었다. 위급한 상황에 달려와준 요양사도, 동네 이웃도 할머니에겐 가족과 다를 게 없다며 얼굴을 떨구었다.

아침마다 혈당이 떨어져 기운 없다던 엄마가 생각났다. 당뇨니까 당연한 일이라고 대충 듣고 넘겼는데 노인돌봄센터에서 아침마다 전화를 걸어 엄마의 건강상태를 체크해준다는 말을 듣고 죄송한 마음이 들었다. 엄마는 그 전화 한 통이 생명줄 같다고 했다. 독거노인을 살피는 것이 그들의 업무인 건 알지만 안부전화를 주고, 한번씩 찾아와주니 어떨 땐 자식보다 더 의지가 된다는 것이다. 엄마가 이웃의 도움을 받을 때마다 어떤 마음일지 생각하니 얼굴이 뜨거워졌다.

가까운 이웃이 먼 친척보다 낫다는 말이 나를 두고 하는 말 같았다. 엄마한테 전화라도 걸어볼까 하고 가방 속 전화기를 찾고 있는데 옆 벤치 할머니의 깊은 한숨소리가 들렸다. 그 소리가 왠지 무겁게 느껴졌다.

두 할머니는 손을 꼭 잡고 한동안 놓지 않았다. 나는 가끔 이분들이 같은 시간, 같은 자리에 앉아 있는 것을 보았다. 오늘도 그 시간이었다. 그나마 두 분이 서로 마음이라도 나눌 수 있어 다행이라는 생각이 들었다.

어린이집 2호 버스는 5시쯤 출발한다. 할머니 두 분은 한번씩 목을 길게 빼고 어린이집 쪽을 건너다보았다. 그 시간에 손주를 받는가보다 생각했다. 갑자기 엄마들의 요란한 인사 소리가 들렸다. 다들 언제 모여 있었는지 어린이집 버스 주변이 어수선했다. 그제야 할머니들도 서로 부축하며 천천히 일어났다. 처음 대화할 때보다 표정이 밝아보였다. 그런데 할머니들은 어린이집 쪽이 아닌 아파트 입구로 들어오는 노란 승합차 쪽으로 향했다. 데이케어센터 차였다.

승합차 문이 열리자 차 안에서 거동이 불편한 어떤 할머니가 요양보호사의 도움을 받아가며 내렸다. 지팡이에 의지한 할머니는 마중 나온 두 할머니를 보자 활짝 웃었다. 두 할머니가 양쪽에서 부축하듯이 지팡이할머니의 팔짱을 끼고 잘 놀다왔냐고 물었다. 지팡이할머니는 고개만 끄덕일 뿐 별 대답 없이 팔짱 낀 두 할머니 손등만 쓰다듬었다.

어떤 관계일까. 반갑게 맞이하는 할머니들의 표정이 어린아이처럼 해맑다. 따뜻해보인다. 할머니들이 사라진 길 쪽을 오랫동안 바라본다.

발걸음을 옮긴다. 문득 혼자라는 생각이 들면서 외로움이 밀려왔다. 나는 왜 가까운 이웃 하나 없이 늘 혼자일까. 친정 식구들도 멀리 있고 주변에 이웃사촌 하나 만들지 못했다. 남편의 발령지 따라 이리저리 흘러 다니다보니 이렇게 되었나. 전화기를 꺼내 전화부를 뒤적거린다. 265명의 전화번호. 그런데 손가락은 선뜻 어느 번호로도 가지 않는다. 연락처 속 그들의 프로필이 낯설다. 지인들은 사라지고 번호만 남았다는 생각. 낯선 이들의 번호를 지워버릴까 생각하다가, 왠지 그것마저 없어진다면 허전할 거란 생각에 그만두었다. 내 속을 아는지 모르는지 때마침 용량 부족이라는 카톡 알림 메시지가 뜬다. 고민할 필요 없이 정리하라는 건가. 필요 없는 연락처를 지우면 외로움도 사라지려나. 그렇지 않다면 이대로 두고 가끔 그들의 안부라도 궁금해해야 하나.

어린이집 선생님의 배웅을 뒤로 하고, 아이들을 태운 노란 버스는 분홍 꽃길을 따라 서서히 움직였다. 그 뒤이어 데디케어센터 승합차도 아파트를 빠져나갔다.

악마를 만난 이후로

내가 커피와 처음 만난 것은 여섯 살 때였다.

아빠의 사무실에는 아침마다 찾아오는 다방이모가 있었다. 보자기로 감싼 쟁반을 들고 왔는데 그 속에는 빨간 보온병과 두 개의 하얀 찻잔이 들어 있었다. 보온병을 열면 진한 탄내가 코끝을 스치며 정신이 번쩍 들게 했다. 머리끝까지 올라온 신비로운 향은 나의 호기심을 자극했다. 엄마와 아빠는 나란히 앉아서 이모가 따라주는 까만 물을 찻잔에 받았다. 아빠는 노란 달걀을 띄우고, 엄마는 하얀 가루를 넣어 마셨다. 내가 옆에 있는데도 부모님은 먹어보라고 하지 않았다. 차마 먹고 싶다고 말은 못하고 보온병만 뚫어져라 쳐다봤다. 이모가 한 잔 더 남았다면서 쟁반을 그대로 두고 갔다. 차를 다 마신 부모님은 각자의 일자리로 돌아가고, 보자기에 싼 쟁반은 사무실 귀퉁이로 치워졌다.

나는 유치원이 끝나면 사무실로 가서 부모님께 인사하고 집으로 갔다. 이날도 사무실에 갔지만 부모님이 없었다. 텅 빈 사무실에 덩그러니 앉아 있다가 문득 아침에 다방이모가 두고 간 보온병이 생각났다. 그런데 사무실 귀퉁이에 놓였던 커피 쟁반이 보이지 않았다. 혹시나 하는 미련을 떨칠 수 없었다. 마음이 급해졌다. 부모님이 오시기 전에 찾고 싶었다.

사무실에는 상자가 많았고, 모두 내 키보다 높이 쌓여 있었다. 50평 남짓한 공간에 여기저기 쌓인 상자는 숨바꼭질하면 딱 좋을 정도였다. 그 사이에서 한참 만에 보퉁이를 찾아냈다. 보물을 찾은 듯 감격스러웠다. 보자기를 풀고 보온병 뚜껑을 돌리는데 부모님의 목소리가 들렸다. 하지만 동작을 멈출 수 없었다. 이미 보온병 속에서 뿜어져 나오는 향에 끌리고 말았다. 최대한 숨을 죽이고 들키지 않을 만큼 조금 마셔보았다. 혀에 닿자마자 쓴맛이 입안을 가득 메웠다. 미쳐버릴 정도로 썼다. 하지만 뱉고 싶지는 않았다. 사무실이 조용해진 틈을 타 엄마가 마시던 대로 설탕과 함께 하얀 가루를 넣어 마셔보았다. 달콤했다.

얼마 지나지 않아 나의 도둑 커피는 들통이 났다. 분유 맛이 났던 하얀 가루가 줄어든 때문이었다.

“도둑고양이도 아니고 매일 숨어서 그걸 퍼묵으면 우짜노. 다방언니가 프리마만 퍼먹냐고 어찌나 따지는지 부끄러버 죽는 줄 알았다. 애들은 커피 많이 마시면 뇌가 죽는다카더라.”

엄마는 그날 이후 커피와 프리마를 조금 넣은 설탕물을 마시게 해주었다.

여섯 살 때 시작한 커피는 가끔씩 나를 흔들었다. 학창시절, 카페에서 친구들이 파르페를 먹을 때 나는 단연 커피를 주문했다. 커피 종류가 많아서 골라 먹는 재미도 있었다. 시험 기간에는 잠을 쫓기 위해 매일 밤 자판기 블랙커피를 몇 잔씩 연거푸 마셔댔다. 직장을 다니면서 바쁠 때는 식사도 거르고 종일 커피만 마셨는데, 그때는 속이 쓰리고 정신이 몽롱하기까지 했다. 위장병에 걸려 속이 아팠으나 커피를 내 곁에서 떠나보낼 수는 없었다. 커피와 마주하면 복잡했던 마음이 어느새 평온해졌다. 힘들었던 순간마다 내게 위안을 주고 힘이 되어준 유일한 친구였던 것 같다.

코끝이 싸늘해지는 계절이 되면 내 발길은 습관처럼 커피향이 가득한 카페로 향한다. 낙엽이 뒹굴 때 거리가 훤히 내다보이는 창가면 더욱 좋다. 에스프레소 마키아토를 주문한다. 원두가 갈리고 커피가 추출되면 고소하고 달콤한 향이 카페 안을 가득 채운다. 우유 스티밍 소리를 들을 때는 설렘으로 심장이 마구 뛴다.

뽀얀 우유거품을 살짝 얹은 에스프레소가 테이블에 놓인다. 탁자 위에 팔꿈치를 세우고 작고 앙증맞은 에스프레소 잔을 든다. 향을 충분히 맡은 다음 조심스레 한 모금 마신다. 나는 커피를 마실 때 입술로 우유거품을 막고 에스프레소가 먼저 혀에 닿도록 한다. 그러면 쌉쌀한 맛과 신맛이 먼저 혀끝에 느껴진다. 우유거품이 입술에 닿으면 부드러운 풍미가 입안 전체를 감싼다. 살짝 닿는 한 모금이 기분을 좋게 한다. '악마의 유혹'이라고 했던 커피 광고가 생각난다. 탁월한 표현이다. 커피 향에 반하면 참을 수 없는 유혹에 빠진다는 것 아닌가. 헤어나올 수 없다는 두려움도 있지만 두근대는 심장소리는 또 다른 설렘이다.

나의 커피 사랑은 시간이 지날수록 더 깊어만 간다. 이젠 떼려야 뗄 수 없는 존재가 되었다. 매일 아침 눈을 뜨면 제일 먼저 커피와 만난다. 행복할 때나 피곤에 지쳐 있을 때, 내가 어디에 있든 상관없이 함께한다. 든든한 동반자와도 같은 커피. 커피를 만나는 시간은 최고의 나를 만나는 시간이다. 방해받고 싶지 않은 자유를 꿈꾸는 순간이기도 하다.

비밀통장

소피는 그리스의 작은 섬에서 모텔을 운영하는 도나의 딸로 결혼식장에 자신의 손을 잡고 입장해줄 아빠를 찾는다. 영화 〈맘마미아〉는 어느 날 엄마의 일기장에서 아빠로 추정되는 세 남자의 이름을 발견하고 이들을 자신의 결혼식에 초대하는 소피의 이야기로 시작된다.

영화는 시작부터 나를 꼼짝 못하게 했다. 배경음악은 물론, 배우들의 노래와 춤, 아름다운 전경이 잠시도 눈을 뗄 수 없게 했다. 매력적인 코발트빛 바다와 탄탄한 해안 절벽이 이루는 풍경을 즐기며 영화 속으로 점점 빠져들었다. 세 남자가 섬에 도착한다. 영화의 배경이 된 스키아토스는 작고 평화로운 섬이다. 눈부시게 펼쳐진 아름다운 해변, 깨끗한 모래와 맑고 푸른 바다. 신나게 요트를 타고 여유로운 한때를 만끽하는 그들을 보면서 나도 그곳에 가고 싶어졌다.

10년쯤 지나 〈맘마미아 2〉를 보면서 그리스를 향한 동경이 더욱 커졌다. 당장 그곳에 가지 않으면 평생을 두고 후회할 것만 같았다. 나는 죽기 전에 꼭 가야 하는, 꿈의 여행지로 그리스를 점찍었다.

내게는 '비밀통장'이 하나 있다. 결혼하면서 짬짬이 모은 비상금인데 이 돈은 여행자금이었다. 그동안에는 생활비를 아껴서 저가여행을 다니곤 했는데 영화를 보면서는 그리스에서만 보름쯤 여유 있게 머물고 싶어졌다. 마음을 굳히고 계획에 돌입한 순간 코로나19로 하늘길이 막혀버렸다.

여행이 미뤄지면서 하루에도 몇 번씩 그리스와 지중해가 눈앞에 아른거렸다. 견디기 힘들어지면 남편을 졸라 춘천으로 달려갔다. 산중턱에 그리스의 그곳이라고 착각할만한 리조트가 있었다. 어떨 땐 '산토리니'라는 그리스 음식전문점으로 간다. '산토리니'는 그리스 가정식이 유명한 식당이다. 페타치즈와 올리브, 토마토를 넣은 그릭 샐러드는 특별한 재료가 아닌데도 맛이 그만이었다. 재료 하나하나가 신선했고 소스와 잘 어우러져 깔끔했다. 현지의 맛도 같을지 모르지만 그리스식이라고 하니까 기분이 좋아지면서 만족스러웠다. 이곳 음식을 먹으면서 그렇게라도 그리스를 느끼고 싶었다.

눈을 감으면 하얀 집, 파란 지붕, 드넓은 푸른 바다가 먼저 떠오른다. 한 음료 광고에서 풋풋한 소녀 모델이 자전거를 타고 골목 등을 신나게 달리던 그곳, 식당에 그려진 산토리니 벽화는 마치 내가 그곳에 있는 것처럼 사실적이다. 휴양 와서 현지 음식을 먹는 것처럼 즐기다 오는 것이다.

어느 날 남편의 근무지가 변경되면서 서둘러 이사를 하게 되었다. 적금을 모두 해지하고 대출까지 받고도 돈이 모자랐다. 사람들이 집을 살 때 영혼까지 끌어댄다는 말이 있던데 남의 이야기가 아니었다. 나도 결혼하기 전부터 모아왔던 자투리 통장이며, 가계 비상금 통장까지 한 푼도 남김없이 긁어모았다.

은행에서는 대출은 적게 해주면서 이자는 눈덩이로 가져갔다. 모자라는 돈을 가족에게 빌릴까 생각도 했지만 괜한 부탁으로 서로 불편해질까봐 그만두었다. 고민 끝에 비밀통장을 헐기로 했다. 결혼한 여자들이 힘들게 모은 돈을 가족을 위해 모두 쓰고 자신을 위해서는 한 푼도 쓰지 못하는 것을 보면 안타까웠는데 닥치고 보니 나도 똑같았다. 그 많던 돈이 몽땅 빠져나가고 통장의 잔고가 '제로'를 찍었다. 비상금을 모으면서 남편한테 탄로날까 불안해했던 마음은 단 몇 분 만에 연기처럼 사라졌다. 그리스 여행의 꿈도 돈과 함께 순식간에 날아갔다.

얼마 뒤 남편은 내 통장에 거금을 입금했다. 비밀통장을 모르는 남편은 그 돈이 친정엄마한테서 온 것으로 알고 갚으라고 보낸 것이다. 다시 희망을 쌓아보기로 한다. 이런 식이라면 빠져나간 돈이 금세 채워질 것이다. 이제 하늘 길도 열렸겠다, 통장이 두둑해지는 날 나는 그리스로 떠날 것이다. 큰 인심 쓰듯 남편도 데려갈까 한다. 그동안 나 혼자 여행 떠날 때마다 걱정 반 부러움 반 바라보던 그였다. 산토리니에 가면 그때는 그리스 정식을 시켜놓고 남편에게 내 비밀통장에 대해 말하려 한다. 그때 그의 표정은 어떨까. 매력적인 코발트빛 바다 앞에서 깜짝 놀랄 그를 상상하는 일이 즐겁다.

홀로 떠나는 여행

비 오는 바닷가는 나름의 멋이 있다. 바다를 향한 호텔 쪽창을 열고 바람을 맞는다. 아무런 계획 없이 무작정 떠나온 여행, 바닷가를 걷고 싶었던 마음을 접어둔 채 비와 바다와 간간이 밀려오는 파도를 바라본다. 바쁘게 살아온 일상이 한순간에 보상받는 기분이다. 이런 기분에 해마다 바닷가를 찾는지도 모르겠다.

저녁이 되자 해안을 따라 늘어선 포장마차에 일제히 불이 켜졌다. 나는 최면에 걸린 사람처럼 그곳으로 갔다. 포장마차들은 비를 피할 천막을 치고 플라스틱 의자와 드럼통 탁자를 밖으로 꺼내느라 분주하다. 우산을 쓴 나는 어떤 식당으로 들어갈지를 고민하면서 빠른 걸음으로 지나간다. 식당마다 한 사람씩 나와 손님을 유인했지만 내게 손짓하는 이는 없다. 기분이 썩 좋지만은 않다. 나도 손님인데, 하는 생각이 들어서이다.

내가 들어간 횟집은 홀이 넓은 편이다. 주인도 보이지 않고 손님도 없어 가뜩이나 넓은 식당이 더욱 넓어 보인다. 어느 자리에 앉을까 망설이며 빈 테이블을 살피는데 구석방에 누워 TV를 보던 아주머니가 뒤늦게 나를 발견하고 밖으로 나온다. 정해진 순서인 것처럼 큰 쟁반에 기본 찬을 들고 와 한상 가득 차린다. 음식을 차려준 아주머니는 멀찍이 서서 내 모습을 관찰한다. 시선이 부담스럽다. 소주 한 병과 생선회를 주문하고는 반쯤 열린 창 너머로 바다를 바라보았다. 비가 추적추적 내리는 평일 오후 5시였다. 식사가 끝날 때까지 다른 손님은 들어오지 않았다. 가끔씩 나를 힐끔거리며 쳐다보던 주인아주머니도 얼마 후 어디론가 가버렸다. 나는 비릿한 바다 냄새를 맡으며 천천히 술을 마셨다. 술에 취할수록 파도소리는 더욱 크게 들려왔다.

내가 홀로 여행을 시작한 지도 20년쯤 된 것 같다. 마음이 잘 맞는 소꿉친구와 첫 여행이 틀어지고 크게 혼란이 왔다. 장소 취향이 다른 것부터 음식과 잠자는 시간까지 달라 크게 불편했다. 결국 서로에게 실망을 한 채 여행은 엉망이 되었다. 그때도 이날처럼 비가 내리는 바닷가였다.

여행을 하면서 동행자가 있으면 나의 입장보다 상대에게 맞춰 계획하고 따르는 편이었다. 함께하는 동안 여행의 즐거움을 깨고 싶지 않아서였다. 하지만 여행이 끝나면 왠지 허탈한 기분이 들었다. 그 후로 될수록 여행은 혼자 한다. 무엇을 하든 자유로웠다. 가끔 외롭거나 쓸쓸하기도 하지만 많이 익숙해졌고 남을 의식하지 않아도 될 만큼 자연스러워졌다.

혼자 하는 시간을 갖게 되면서 내가 원하는 것이 무엇인지 하나씩 알게 되었다. 살아가는 것이 힘들고 외롭다고만 생각했지 무엇이 나를 행복하게 만드는지를 고민하지 않았다. 그것을 발견할 수 있게 해준 것이 홀로 떠나는 여행이었다. 누구의 방해도 없이 생각을 충분히 하고 평소에 하지 못했던 경험을 하면서 자신을 찾아가는 과정이 즐거웠다. 행복은 스스로 찾아나서야 한다는 말을 조금 이해할 수 있었다.

숙소에 도착해 창문을 열어둔 채로 침대에 누웠다. 눈을 감고 파도 소리에 귀 기울이며 두껍게 쌓인 피로가 빠져나가도록 그대로 내버려두었다.

새벽녘에야 잠든 나는 평소대로 같은 시간에 눈을 떴다. 시계를 본 후 다시 잠을 청했지만 잠이 올 것 같지 않았다. 그렇다고 이불 속에서 계속 뒹굴 수는 없었다. 해가 뜨기 전 서서히 붉어지는 수평선을 보고 싶었다. 하지만 이번 여행에서는 아쉽게도 그 장면을 포기해야 했다. 전날부터 내리던 비가 더 세게 쏟아졌다. 창문을 활짝 열었다. 거친 빗물과 함께 시원한 바다 냄새가 밀려 들어왔다. 확 트인 바다, 이따금 하얀 거품을 일으키며 밀려오는 파도는 바라보는 것만으로도 속이 다 시원했다.

아직 날이 밝으려면 멀었다. 문을 닫고 다시 침상에 누웠다. 늘 시간에 쫓겨 분침까지 세며 사는 나에게 이런 건 호사이기 전에 사치라는 생각이 잠깐 들기도 했지만 그것도 잠시, 끌어당긴 시트로 얼굴을 덮으며 나는 잠을 부르고 있었다.

어른이 되고 싶다

아기를 안아본 지가 얼마만인지. 50일쯤 된 녀석은 내 팔 길이만큼이나 될까, 안기가 조심스럽다. 금방이라도 울음을 터트릴 듯 콧구멍에 힘을 준다. 입만 빼끔거리다가 눈썹이 갈매기 날개처럼 서서히 이마 위로 올라가더니 그예 울음을 터트린다. 눈도 뜨지 않은 아기가 누가 저를 안고 있는지 안다는 듯 나를 당황하게 한다. 본능적으로 불안을 느끼는 걸까? 생각해보니 17년 전 막내 조카를 안아보고 처음이다. 어설프고 낯설기는 나도 마찬가진데 녀석이 선수를 쳐버렸다.

아기를 키워보지 않았지만 어떻게 안아야 한다는 것쯤은 나도 안다. 하지만 아기가 칭얼대서인지 아니면 아이가 없는 내가 안쓰러워서인지 가족들의 눈빛도 불안해 보인다. 갑자기 몸이 움츠러든다. 이제는 어느 누가 뭐라 해도 아무렇지 않을 만큼 익숙해졌는데도 이런 상황이 되면 나도 나를 어쩌지 못한다. 어색한 분위기를 피하려고 아기를 어미인 조카며느리에게 안겨준다. 며느리는 능숙하게 아기를 품에 안는다. 누가 봐도 초보산모 티가 나지 않는다.

큰조카의 유학이 서둘러지면서 결혼이 당겨졌고, 허니문 베이비까지 들어섰다. 결혼하고 일 년도 안 되어 새 식구가 둘이나 생겼다. 조카며느리가 아기를 낳으면서 갑자기 친정 식구들의 호칭이 격상되었다. 엄마는 증조할머니가 되고 언니들과 나는 할머니가 되었다. '할머니'라는 말을 듣자 처음에는 당혹스러웠다. 열다섯 살 때 조카가 이모라고 불러도 이런 기분은 아니었다. 그런데 그 아이가 아이를 낳고 나는 갑자기 할머니가 된 것이다. 알 수 없는 무게감이 느껴졌다. 내게 스스럼없이 장난만 걸던 조카에게 이제 어른 대우를 해줘야 한다. 갑자기 나는 어른인가, 하는 생각이 들면서 생각이 많아졌다.

루디야드 키플링은 "만일 네가 모든 걸 잃었고 모두가 너를 비난할 때 너 자신이 머리를 똑바로 쳐들 수 있다면, 그리고 만일 너의 전 생애를 바친 일이 무너지더라도 몸을 굽히고서 그걸 다시 일으켜 세울 수 있다면 너는 비로소 어른이 된 것이다"라고 했다.

청년시절, 나는 어른이 되면 나의 삶을 내 방식대로 자유롭게 설계할 수 있다고 생각했다. 그래서 빨리 어른이 되어 나만의 길을 가고 싶었다. 하지만 성인(성년)이 되었다고 해서 다 어른이 되는 것은 아니었다. 그만큼의 책임이 따라야 하는데, 나는 온갖 핑계로 잘못을 포장하며 그것을 숨기고 살아왔다. 내가 한 일이 실수투성이라 해도 그 결과를 순순히 받아들일 용기가 없어서였다. 그러는 내가 싫어 도망치고 싶을 때도 많았다. 하지만 세월이 흐르면서 나를 있는 그대로 인정하게 되었고 그래야 함을 깨달았다. 무언가 잘못했을 때 나의 실수를 솔직히 인정하고, 모르는 것을 모른다 말했을 때 오히려 마음이 편안해졌다.

적어도 타인의 도움 없이 자신에게 주어진 일을 스스로 짊어지고 갈 수 있어야 어른이라고 생각한다. 어쩌다 어려운 일에 부딪혔을 때 상황에 맞게 대처하는 나의 모습을 보면 이제야 어른이 돼가는 건가 싶어 안심이 된다.

며느리는 모유를 먹인다. 아기는 벌겋게 달아오른 양 볼이 홀쭉하도록 젖을 빨다가 뭐가 또 못마땅한지 입을 오물거리며 미간을 찡그린다. 금방 울음이 또 터질 것 같다. 며느리는 가슴팍에 아이를 끌어당겨 안고 이따금 눈을 맞춰주며 달래준다. 아이는 위로를 받고 다시 젖먹기에 도전한다. 수유가 끝난 뒤 조카가 아이를 안고 시원하게 트림을 시켜준다. 부부의 호흡이 척척이다. 아이에게서 눈을 떼지 않고 차분하게 돌보는 모습이 아름답기만 하다.

둘만의 시간을 즐길 틈도 없이 순식간에 부모가 된 이들이지만 나는 두 사람이 대단해보인다. 한 생명 앞에서 저처럼 의연할 수 있을까.

남들 하는 거 다 해봐야 똑같이 어른도 된다는데…. 그래도 내게 맞는 '어른 되기'가 어딘가 있겠지. 더 늦기 전에 찾아봐야 할까? 이왕 할머니가 됐으니 손주가 좋아하는 것부터 시작해볼까 한다. 내가 가장 잘 할 수 있는 것이면 좋을 텐데…. 아이가 우리 집에 놀러오면 만들어줄 수 있는 음식을 연구해볼까? 함께 놀아줄 수 있는 놀이는 어떨까? 이참에 아예 구연동화를 연습해보는 것도 좋을 것 같다. 아니다. 이건 어른 되기와는 또 다른 문제 같다.

어른 되기는 쉽지 않고 이래저래 마음만 바빠진다.

제2부

너도 효진이

봉정사 가는 길

오후 4시, 사위는 어둑하다. 자동차는 속도를 내며 달리는데 마을은 그림처럼 한적하다. 지나다니는 사람도 인가도 드물다. 마음이 급해진다.

봉정사로 접어드는 길목에 노란 전구가 나란히 매달려 반짝이는 집이 보인다. 은은한 불빛이 멀리서도 한눈에 들어온다. 무엇을 하는 곳일까, 차를 세운다. 주택을 카페로 꾸며놓은 것 같다. 차창을 열고 한참을 내다본다. 오가는 사람이 없는데도 어떤 온기가 느껴지는 것이 언젠가 와본 곳 같은 느낌이다. 꿈속이었나. 시계를 보니 곧 개표소 문 닫을 시간이다. 내려오는 길에 들러볼 생각으로 차를 돌렸다.

카페에서 얼마쯤 올라가니 봉정사 매표소가 보인다. 그런데 문이 닫혔다. 다시 카페로 향했다.

카페는 하얀 색 단층집으로 아담하다. 키 작은 정원수가 카페 출입문까지 줄지어 있다. 봄이면 이 나무에 아기손톱만한 새싹이 돋고 꽃이 피어날 것이다. 테라스에는 작은 나무의자들이 노랑 파랑으로 제각각 다른 색의 옷을 입고 앙증맞게 놓여 있다. 주변을 깔끔하게 정돈한 것으로 보아 주인장의 부지런함이 전해진다.

문을 열자 계산대 앞 정면으로 주인인 듯한 여자가 서 있다. 긴 생머리의 수수한 얼굴. 금방 나이를 짐작할 수는 없었지만 나보다는 어려 보인다. 하얀 블라우스에 검정색 앞치마를 두른 단정한 차림이다. 커피와 케이크를 주문해놓고, 카페를 구경삼아 서성였다.

출입구 옆에 낡은 화장대가 놓여 있다. 하늘색인데 자연스럽게 칠이 벗겨져 그런대로 멋이 느껴진다. 그 위에는 갖가지 말린 꽃이 화병에 담겨 있다. 그 옆으로 오래된 타자기가 보인다. 어렸을 때 우리집에도 타자기가 있었다. 자판을 두드리면 악기를 연주하는 것 같아 기분이 좋았다. 카페 안 귀퉁이에는 작은 풍금이 보인다. 너무 낡아서 페달을 밟으면 소리가 날까, 의심이 갈 정도이다. 초등학교 시절 교실에서 보고 처음 보는 풍금, 다시 만나니 정겹다. 풍금과 나란히 서 있는 책장에는 문예지와 여러 분야의 서적들이 꽂혀 있다. 실내는 아담해도 은근히 볼거리가 많다. 커피를 기다리는 시간이 지루하지가 않다.

주문한 커피를 가지러 가면서 카운터 옆 사진에 눈길이 갔다. 주인 여자와 남편 사진인 것 같았다. 다정한 둘은 남매처럼 쏙 빼닮았다. 그런데 환하게 웃고 있는 남자, 얼굴이 낯이 익었다. 금방이라도 나에게 악수를 청할 것 같은, 먼 어느 날의 이야기가 내 눈앞에 펼쳐질 것만 같아 사진을 뚫어지게 보고 있는데 여자가 남편이라며 함박미소를 지었다. 나는 사진에서 바로 시선을 떼지 못했다. 그가 계속 나에게 웃음을 보내고 있었다. 손짓도 하는 것 같았다. 나는 뒤를 돌아봤다. 여자가 커피를 가져가라고 하는데 소리는 들리지 않고 입 모양만 붕어 입처럼 뻐끔거렸다. 계속 쳐다보는 나를 그녀가 의아해하며 바라봤다.

커피와 케이크가 놓인 쟁반을 받아든 나는 그녀를 등지고 바깥을 보며 앉았다. 사진을 보고부터는 그녀와 마주할 자신이 없었다. 당황한 탓인지 커피도 케이크도 아무런 맛이 나지 않았다. 시간이 어떻게 지나는지 알 수 없었다. 가슴만 계속해서 쿵쾅거렸다. 반쯤 남은 커피를 남겨둔 채 급히 자리를 뜨면서 다시 사진에 눈을 두었다. 이런 내 행동이 이상해 보였던지 그녀가 나를 빤히 쳐다봤다. 어색한 분위기를 바꾸려고 냉장고 속 음료 한 병을 꺼내들었다. 계산을 마친 그녀에게 어색한 웃음을 지어보이고 도망치듯 카페를 빠져나왔다.

해는 오래 전에 넘어갔고, 어둠이 깔린 밖은 적막하기만 했다. 빨리 그곳을 벗어나고 싶었다. 주차장까지 가는 길이 멀고 멀었다. 자동차로 돌아와 명함을 꺼내봤다. 그가 맞았다. 봉정사에 갈 이유가 이제, 없어졌다.

그의 소식이 끊긴 지 20년이 흘렀다. 그와 헤어지고 단 한 번도 서로 연락을 주고받은 적이 없었다. 하지만 세월을 보내면서 나는 이따금 그가 생각났고, 잘 살고 있는지 궁금했다. 그때마다 찾아볼까 마음이 흔들렸다. 얼마 전 지인한테 그가 봉정사에 있다는 소식을 우연히 들었다. 멀리서라도 얼굴 한 번 보고 싶었다. 그런 기대를 안고 무턱대고 출발한 거였다.

자동차 룸미러로 카페 뒷마당 끝에 이층집이 보였다. 아마도 그들이 살고 있는 집이지 싶었다. 차 밖으로 나온 나는 그쪽으로 발길을 옮겼다. 몇 발짝 걷는데 누군가 다가왔다. 가로등 밑으로 그의 얼굴이 보였다. 그를 만나다니. 그는 나를 보며 카페가 예쁘냐고 물었다. 나는 황급히 등을 돌리며 고개만 끄덕였다. 그는 자기가 직접 꾸민 카페라며, 묻지도 않았는데 카페에 대해 이것저것 자상하게 설명해주었다. 걸걸한 목소리, 친절한 말투, 세월이 지났어도 넉살 좋은 건 여전했다. 가슴 저 밑바닥에서 뭉클함이 치고 올라왔다. 당장이라도 그를 향해 돌아서서 얼굴을 마주하고 싶었다. 살면서 내 생각 한 번쯤은 해봤냐고 묻고 싶었다. 가슴이 터질 듯 심장은 요동치는데 목소리가 입안에서만 맴돌았다. 하고 싶은 말은 머릿속에서만 두서없이 떠돌다 엉켜버렸다. 어떤 말부터 시작해야 할지 종잡을 수 없었다. 여기까지 찾아온 용기는 어디로 가고 바보 같은 여자가 가로등 그늘 아래 숨어 쿵쾅대는 가슴을 끌어안고 있었다.

그녀가 갑자기 밖으로 뛰어나왔다. 나는 엉겁결에 남자를 향해 꾸벅 인사를 하고 급히 차로 돌아왔다. 사이드미러를 통해 본 그들은 심각한 대화를 나누는가 싶더니 금방 서로를 보며 환하게 웃었다. 가로등 아래 함께 서 있는 그들을 보면서 어느 날의 그와 내가 떠올랐다. 그때 우리도 가로등 아래서 저랬을까. 묘한 기분이 들었다.

이제 그와의 시간은 추억으로 남긴다. 우연히 들렀던 카페에서 그를 만난 것은 다음날 헛걸음하지 말라는 봉정사의 깊은 뜻이려니 하겠다. 그는 잘 살고 있고 아무 일도 일어나지 않았고 여직 그랬던 것처럼 나도 그렇게 살아가면 되는 것이다.

먼 어느 날 봉정사 갈 일 생기면 그 카페에 다시 들러볼까 한다. 그때는 그녀의 커피를 편안한 마음으로 천천히 마셔보고 싶다. 그를 마주한다 해도 담담할 수 있도록, 나를 키워놔야지. 그들을 가로등 아래 두고 조용히 차를 돌린다.

칠성파가 돌아왔다

카톡 소리가 울린다. 짧게 한번 울리더니 잠시 뒤 쉬지 않고 급박하게 울어댄다. 무슨 일인가 싶어 전화기를 열었다.

'종희 발견.'

은주의 카톡이었다. 종희는 우리의 기억 속에서 흐릿해지려고 하면 불쑥 나타나곤 하는 친구이다. 몇 년째 소식이 끊겨서 그녀가 지금쯤 어디에 있을까 궁금하던 차였다.

종희는 세계 일주를 하며 자신의 인생을 하나씩 설계했다. 우리 중에 성격이 특이하고 까다로운데 뚜렷하고 확고한 자신만의 신념이 있었다. 학창시절에도 여러 방면으로 열정적이더니, 대학 졸업 후 10년 정도 해외를 다니며 공부를 하고, 한국에 돌아와 대학원에 입학했다. 직장에 다니는가 했는데 어느 날 싱가포르에서 평생 살 것이라고 통보했다. 우리 모임은 추억이 많아 탈퇴하고 싶지 않다며 모임계좌에 목돈을 미리 입금해놓고 홀연히 떠났다. 10년이란 세월이 흘렀지만 소식 한번 듣기 힘들다.

종희는 자기의 생사를 알릴 때면 항상 은주를 통했다. 은주는 쉽게 감정에 휘둘리는 일이 없어서 차갑게 보이지만 그렇다고 냉정하지도 않다. 상대방을 생각하는 마음이 깊고, 눈물도 많다. 감성적이면서도 이성적인 그녀가 있어 우리는 늘 든든했다. 호들갑스럽지 않고 무던한 은주가 우리들의 중재자일 때가 많았던 때문이다. 종희도 그런 은주가 미더웠던가보다.

은주네 옆 골목에 민채가 살았다. 한동네에서 태어나고 자란 민채와 은주는 가족끼리도 잘 알고 지내는 이웃사촌이었다. 민채는 감성이 풍부한 친구로 상대방 말에 귀를 잘 기울이고, 항상 웃는 얼굴로 표정이 해맑았다. 수줍음이 많고, 꾸미는 것을 좋아하는 그녀는 여성스럽기까지 하다. 하지만 부드러운 이미지와 달리 자기 의사 표현은 정확한 편이다. 일처리가 꼼꼼하고, 강한 추진력까지 갖춰 우리 모임의 계주를 맡았다.

우리 넷은 칠성동에 살았다. 대구 칠성시장을 사이에 두고 은주와 민채가 한동네였고, 종희와 내가 같은 동네였다. 유치원과 국민학교를 함께 다녀서 친했지만 네 명이 어울렸던 추억은 별로 없다. 몇 년 지나 우리는 같은 고등학교에서 만나면서 본격적으로 뭉치게 되었고, 이때 '칠성파'가 결성되었다.

우리는 3년을 매일 몰려다니며 공부했다. 수업이 끝나면 동네 공부방에서 새벽까지 있다가 헤어졌다. 종희 어머니는 그런 우리가 안쓰럽다며 시험 기간이면 집을 빌려주었다. 종희네는 집이 두 채였는데, 가족들이 잘 드나들지 않는 별채가 따로 있었다. 우리는 종희 부모님의 배려로 그곳을 이용했다. 시험 때가 되면 자연스럽게 그 집에 모였다. 짐을 풀고 4박 5일 동안 각자 방에 틀어박혀 공부만 했다.

두 시간만 자고 공부하는 알람 시스템을 만들어 오후 8시부터 2시간 간격으로 서로의 기상 시간을 알려주었다. 서로에게 피해를 주지 않으려고 이 시간만큼은 철저히 지켰다. 그런데 시험 마지막 날 민채가 종희를 깨우는 시간에 나타나지 않았다. 깜빡 잠들었나 했지만 시간이 흘러도 전혀 기척이 없었다. 새벽녘까지 방에서 한 번도 나오지 않아 우리는 민채가 시험스트레스로 잘못된 건 아닐까 섬뜩한 상상까지 했다. 지금껏 방문을 잠근 일이 없었는데 이날은 방문까지 잠겨 있었다.

열쇠를 갖고 온 어머니는 얼굴이 하얗게 질려 신을 벗지도 않고 뛰어 들어와 문을 열었다. 방문을 박차고 들어간 순간 우리는 그 자리에서 할 말을 잃었다. 민채는 이불을 돌돌 말아 다리에 끼고, 코까지 골아가며 자고 있었다. 한바탕 소란에도 아랑곳없이 아주 평화로운 표정이었다. 어머니는 한숨을 내뱉으며 아무런 말씀도 없이 나가셨다. 친구들은 일제히 달려들어 마구잡이로 민채를 쥐어박았다. 천만다행이었다. 살아 있어줘서 고마웠다. 겨우 눈을 뜬 민채는 사태 파악도 못한 채 오늘 시험은 망쳤다며 피식 웃더니 태연하게 집을 나섰다.

늘 그랬던 것처럼 시험이 끝나면 각자 좋아하는 음식을 하나씩 준비해 종희 집에 모였다. 민채는 아침에 그 난리를 쳐놓고 미안했던지 먼저 도착해서 천연덕스럽게 우리를 반겼다. 민채가 해놓은 떡볶이에 김밥과 튀김을 먹는데 은주가 슬그머니 소주 한 병을 꺼냈다. 종희와 나도 약속한 듯 맥주를 꺼냈다. 음주가 학생에게 불법이었지만, 우리끼리는 합법이었다. 내가 집에서 몰래 가져온 비디오테이프를 가방에서 꺼내보이자, 아이들은 일제히 자지러졌다. 육체적 본능. 제목만 보여줬는데도 모두 입을 틀어막고 웃었다. 그런데 아무리 기다려도 상상했던 그것은 끝내 볼 수 없었다. 그 안에는 '동물의 왕국'이 녹화되어 있었다. 우리는 또 한 번 배꼽 빠지게 웃었다. 그것을 틀기 전 다들 부끄럽다고 호들갑이더니 기대는 잔뜩 한 모양이었다.

'잘 지내지 ? 나도 잘 지낸다.'

종희의 소식은 이것으로 끝이었고 다시 연락이 끊겼다. 나이를 먹어도 성격은 변하지 않는다더니 예나 지금이나 짧고 간결한 인사는 여전하다. 종희의 갑작스러운 연락 덕에 우리는 학창시절로 돌아가 한참을 놀 수 있었다. 그리고 다시 칠성파가 뭉쳐야 한다고 입을 모았다.

나는 친구라는 말을 잘 하지 않는다. 친구라고 인정하고 나면 책임감이 따르기 때문이다. 그와 나 사이에 의리와 신뢰가 우선되어야 함을 알기에 친구로 받아들일 때는 신중해진다. 평생에 친구 셋만 있어도 성공한 인생이라고 한다. 그만큼 친구 만들기가 힘들다는 것인데, 나에게는 그런 친구가 셋이나 있으니 지금까지는 잘 살아온 인생이라 해도 될 것 같다.

나는 가끔 친구를 옷에 비유하곤 한다. 한번 맘에 들면 그 옷이 해질 때까지 입는 것처럼 세월에 묵은 이야기를 반복해서 들어도 지겹지가 않고 밤을 새워도 시간이 아깝지 않은 친구를 최고로 치기도 한다.

지금쯤 소식을 궁금해할 거라는 우리의 마음이 종희에게 전달된 걸까. 그녀는 카톡방에 꿈처럼 왔다가 사라졌다. 10년 전 마지막으로 함께했던 홍대 재즈카페가 생각난다. 바라보기만 해도 행복했던 우리의 순간이 그곳, 그 시간에 멈추어 있을 것만 같다.

우연과 인연

나에게는 양부모가 있다. 남편의 근무지인 강원도 양구에 살면서 그분들을 알게 되었다. 친정과 시댁에 어머니가 계시지만, 낯선 타지에서 외롭게 지내던 우리에게 가족처럼 대해주는 분들이다.

13년 전이다. 나는 양구여성농업인센터 공부방 선생이었고, 어머니는 그곳에서 차량운행을 담당했다. 성격이 급해보였지만 운전할 때는 다른 사람이었다. 센터 아이들의 등하원 시간을 정확히 지켰고, 아이들에게 잔소리하는 듯한 말 속에도 애정이 가득했다. 그런데 엉뚱한 부분도 있었다. 근무 중 개인적인 일인데도 센터장 허락을 받지 않고 자리를 비웠다. 낮잠이 오면 사무실 소파에 누워 자고, 회의를 하다가도 자기와 관계없는 안건이면 도중에 나가버렸다. 어머니와 센터장은 여성센터 창립 멤버라고 했다. 그렇더라도 센터장은 어머니 행동에 크게 간섭하지 않았다. 오히려 어머니의 조언을 구하고 의

지하는 눈치였다.

몇 개월이 지났지만 어머니와 쉽게 친해지는 건 어려웠다. 잘 웃지도 않고, 다정한 말투도 아니었다. 묻는 말에만 짧고 퉁명하게 대답할 뿐이고, 상대방 태도가 마음에 안 들면 그 자리에서 바로 지적했다. 한번씩 톡 쏘아붙일 때면 무섭기까지 했다. 그분과 말문을 트는데 오랜 시간이 필요했다.

어머니는 우리 시어머니와 나이가 비슷했다. 남편하고도 성향이 비슷해 혹시 잃어버린 아들 아니냐며 농담을 건넬 정도였다. 무뚝뚝했던 그분은 의외로 털털하게 웃으며 사실은 숨겨둔 아들이었는데 들켰다며 재미있어했다. 어머니와 아버지, 남편과 함께 식사 자리를 갖게 되었는데, 첫 대화부터 죽이 잘 맞았다. 오래 만난 사람들 같았다. 아버지는 그 자리에서 우리를 아들과 며느리로 삼아야겠다고 선포했다. 우리는 그렇게 가족이 되었다.

어느 날 아버지는 가족모임에 정식으로 우리를 인사시켰다. 그런데 형제들은 선뜻 우리에게 마음을 열지 않았다. 부모님은 믿을 수 있는 애들이라며 이제부터 가족으로 생각하라고 말했다. 우리가 먼저 그들에게 스스럼없이 다가갔다. 그분들과 함께라면 어떤 관계가 된다 해도 좋을 것 같았다. 가족들 사이에서 기쁜 일, 슬픈 일 가리지 않고 서로 마음을 나눌 수 있다는 것만으로도 충분히 행복했다. 부모님은 어딜 가든 우리를 데리고 가고 싶어했다. 나도 같은 마음이었다. 그분들 곁에 껌딱지처럼 딱 붙어다니면 다시 보호를 받는 어린애가 된 기분이었다. 여러 사람 앞에서 '우리 아들 내외 데리고 왔어'라고 자랑스럽게 소개할 때마다 뭔지 모를 뭉클함도 있었다. 기댈 곳이 있다는 것이 좋았다.

만난 지 10년 되었을 때, 함께 제주도 여행을 떠났다. 마침 아버지 환갑이라 친아들내외도 함께였다. 좀 더 가까워질 수 있는 기회라고 생각했다. 그곳에서 부모님은 우리 인연을 평생 간직하고 싶다고 했다. 나도 이 가족들 속에서 오랫동안 기억되기를 바랐다.

우리가 양구에서 10년을 살다가 춘천으로 이사를 나올 때 아버지는 다시는 못 볼 것처럼 섭섭해하셨다. 몸이 멀어지면 마음도 멀어진다는 말을 자꾸 하셨다. 그러면서 지금까지 우리에게 향했던 마음을 닫아야겠다고 말씀하셨다. 당황스러웠다. 그런데 그 말이 어쩐지 진심처럼 들렸다. 어느 날부턴가 부모님의 연락이 뜸해지고, 찾아가도 반기는 포옹이 어색했다. 친아들 내외와 부모님을 한자리에서 만나게 되면 우리는 불청객처럼 겉돌았다. 우리들 사이에서 부모님의 입장도 곤란해보였다. 며느리 앞에서는 내 눈치를 살피는 것 같고, 나를 대하는 행동도 제한적으로 느껴졌다. 부모님과의 관계가 서먹해질수록 낯선 곳에서 길 잃은 아이처럼 막막하고 불안했다. 그들 사이로 비집고 들어갈 자리가 더는 없어보였다.

상대로부터 잊힌다는 건 서글픈 일이다. 사랑하는 이의 기억에서 내가 지워질 수도 있다 생각하니 쓸쓸한 기분마저 들었다. 나는 아버지가 하신 말을 믿지 않았다. 그분들은 멀리 이사간 우리가 곁을 떠날까봐 서운한 마음에 한 말일 거라 생각했다. 내 가슴에는 그분들과 따뜻했던 순간들이 여전하기 때문이다.

우리의 사랑이 변함없음을 보여주고 싶었다. 시간이 될 때마다 그곳으로 달려갔다. 얼마쯤 시간이 지나 부모님은 우리의 마음이 진심이란 걸 믿어주셨다. 만남이 뜸해지면 우리가 먼저 돌아설까 두려워 미리 마음을 정리한 것이라 했다. 상처받기 싫었던 것이다. 그 말씀 끝에 나도 모르게 눈물이 났다. 이제는 부모님이 예전보다 더 따뜻하게 느껴진다.

가족에 대해 생각해본다. 반드시 피붙이여야 가족이랄 수 있겠지만 나에게는 지금의 부모님이 그 이상으로 좋으니 가족이 아닐 수 없다.

거리가 멀어지고 나서 상대방이 잊으면 우연이고, 그리우면 인연이라고 했던가. 사람에 따라 다르다는 걸 알면서도 어쩐지 그 말이 틀리지 않은 것만 같다. 그렇기에 소중한 사람들과는 더욱 노력하며 지내는 건지도 모른다. 소망컨대 그분들과의 인연이 지금처럼만 이어졌으면 한다.

너도 효진이

10년 전 헤어진 그녀와 연락이 닿았다. 신혼 초 양구에 살 때 친했던 동생으로 그녀의 이름은 효진이다. 낯선 시골생활을 하면서 그녀에게 많이 의지했고 언제나 내 편에서 웃어주었던 사람. 내가 양구를 떠나고 몇 년 뒤 그녀도 남편의 발령지로 이사했다. 이따금 생각났지만 아이를 돌보며 직장생활까지 하는 그녀에게 연락하기란 쉽지 않았다.

우리는 군인인 남편을 따라 강원도로 올라와 같은 군인아파트 아래위 층에 살았다. 군인가족들 사이에는 남편의 계급을 따지기도 했지만 그녀와 나는 그것에 상관하지 않았다. 처음에는 이름이 같아서 우리도 남편들도 이름을 부르며 헷갈렸다. 나중에는 효진이 대신 그녀의 큰딸 이름을 불렀다.

그녀는 일찍 결혼해서 다섯 살 된 딸과 두 살 된 아들이 있었고, 그

후 한참 뒤에 막둥이를 보았다. 누구에게든 깍듯한 효진이는 상대방에 대한 고마움의 표현은 반드시 하는 사람이었다. 무엇보다 그녀는 알뜰했다. 남편의 월급을 허투루 쓰는 법 없이 뭘 하나 사더라도 몇 번이나 고민하고 가격을 비교했다. 내가 충동구매라도 할라치면 그렇게 돈 쓰면 안 된다며 잔소리를 늘어놓았다. 보일러 아껴 써라, 음식물 남기지 마라 등 충고든 거절이든 자기 생각을 솔직하게 표현할 줄 알았다. 나보다 여섯 살이나 어렸는데도 어른스러워 함께 있으면 의지가 되었다.

효진이와 나는 이름도 같지만 어렵게 자란 환경까지 비슷했다. 같은 고향인 것도 반가웠다. 가난하게 시작한 신접살림은 우리를 짠돌이 아줌마로 만들었다. 서로 이해할 수 있는 부분이 많아 외롭고 힘들 때마다 위로가 되어주었던 것 같다. 두 내외가 술자리를 좋아해서 틈만 나면 술판을 벌였다. 우리는 곤드레만드레 취해서 남의 도움 따위는 필요 없다고, 보란 듯이 스스로 일어날 수 있다며 얼싸안고 파이팅을 외쳐댔다. 어렵게 살던 시절이었지만 군인아파트 생활은 효진이가 있어 즐거웠다.

매일 아침 8시면 아이들을 등원시킨 엄마들이 한 집에 모였다. 라면으로 점심을 해결하고, 아이들이 돌아올 때까지 끝없는 수다를 펼쳤다. 그것도 모자라 가족들이 잠자리에 들면 또 모였다. 치킨 한 마리 시켜놓고 꾸벅꾸벅 졸면서도 해가 뜰 때까지 수다를 이어갔다. 몇 년을 그렇게 지내도 지루하지 않았다. 계급이 낮은 남편들의 월급은 살림하기에도 빠듯해서 근사한 카페를 간다는 것은 엄두도 못 낼 일이었다. 시골이지만 농사짓는 것도 아니니 딱히 할 만한 일거리도 없고 군인가족으로 행동에 제약도 많아 자유롭지도 못했다. 그런 서로의 처지가 비슷해서였을까, 마음 터놓을 데가 없어 속으로만 삼켰던 이야기가 나올 때면 부등켜안고 우는 날이 많았다. 쓸데없이 웃기는 또 얼마나 웃었던지. 가끔 반복된 일상이 답답했어도 별다른 고민 없이 보냈던 시절은 그때뿐이었다는 생각이 든다.

어느 날 효진이는 자기 별장에 오라면서 주소를 보내왔다. 군인아파트에 살 때도 주위에서 인정하는 부지런한 부부였는데 그 나이에 벌써 별장이라니, 놀라웠다. 아이 셋을 키우면서도 착실하게 살림을 꾸렸던 효진이었기에 충분히 그럴 수 있다고 생각했다.

한적한 시골 마을에 자리한 별장은 산과 계곡을 끼고 있어서 신선놀음하기에 좋은 장소였다. 빨간 지붕은 멀리서도 눈에 띄었다.

그녀는 나를 보자마자 와락 끌어안으며 울먹인다. 10년이란 시간이 무색할 정도로 무엇 하나 변한 게 없다. 화장기 없는 얼굴에 대충 틀어올린 머리는 여전히 수수해 보인다. 길에서 우연히 마주쳐도 금방 알아볼 수 있을 것 같다. 옆에 앉아 있는 아들은 몰라보게 훌쩍 자라 있어 오히려 내가 더 멋쩍다. 큰딸은 벌써 대학교 2학년이 되었다. 질문이 끊임없던 어릴 적 그 아이의 모습이 눈에 아른거린다. 자기 엄마한테 매번 혼이 나면서도 내 장바구니 속을 궁금해하며 이모, 뭐 사 왔어요? 하고 좇아다니며 물었었다. 그랬던 아이가 벌써 성인이 되었다. 효진이는 우리가 만나지 못한 사이에 자녀 셋을 다 키워 놓고 남편과 함께 여가를 즐겼다.

효진이네는 주말마다 이곳으로 와서 작물을 살피기도 하고 고기를 구워 먹으며 캠핑하듯이 쉬었다 간다고 했다. 별장을 짓느라 빌린 대출금으로 아직 넉넉한 생활은 아니지만 이나마 여유부릴 수 있는 마음이 생겼다며 한껏 들떠 있다. 그릴에 불을 피우면서 힘들게 살아온 자신에게 이제는 위안을 주고 싶다고도 했다. 자기 나이가 사십이 넘었는데 이제 이렇게 살아도 되지 않냐고, 예전처럼 아등바등 살고 싶지 않다고. 그러면서 대뜸 내가 언니한테 해준 게 뭐 있다고 이 먼 거리를 한달음에 달려와 감동을 주냐며 기어이 눈물을 쏟아냈다. 그 말에 나도 덩달아 한바탕 울고 웃었다.

같은 이름처럼 비슷하게 살아온 우리가 함께 웃고 있다. 그럴 수 있어서 다행이다. 더 욕심낼 수도 있겠지만 마음 편한 지금도 만족할 만한 삶이라고 생각한다. 열심히 살아왔고 아직 살아갈 날이 많이 남았기에 정리할 생각도 계획도 많을 수밖에 없다. 그렇지만 가끔은 이런 좋은 친구도 만나고 나를 위해 잠시 게으름도 피워볼 수 있어서 좋다.

먼 어느 날, 우린 또 얼마나 깊어진 우정을 확인할 수 있으려나. 그 날을 위해 효진이도 나도 건강만 하자며 술잔을 기울였다.

자연의 참맛

햇빛 가리개가 달린 알록달록한 작업 모자를 쓰고 빨간 고무장화를 신은 그녀가 멀리서 반갑게 손을 흔든다. 처음 그녀를 만났을 때를 떠올리면 상상할 수 없는 차림이다. 그녀는 8년 전 내가 복지사로 근무했던 양구 아동복지시설 원장이다.

뽀얀 피부에 꽃무늬 스카프를 한 그녀는 모네Monet의 그림 속 순백의 여인을 연상케 했다. 작은 키에 아담하고 가녀린 몸매로, 레이스 달린 원피스를 입고 넓은 챙모자를 즐겨 쓰고 다녔다. 그랬던 그녀가 이제는 농사꾼 복장이 더 자연스럽다. 내가 온다는 소식에 밭에서 반찬거리를 구해왔다는데 두 손에 이름 모를 풀들이 가득하다. 얼핏 보면 잡초로 무엇을 할까 싶지만, 나는 그녀만의 독특한 밥상이 맛깔나게 차려질 거라는 것을 알고 있었다.

그녀는 빨간 대야에 물을 가득 채우고, 뽑아온 풀들을 담가놓았다. 30분쯤 지나자 그 풀들은 어느새 팔팔하게 살아서 한 상 가득 차려졌다. 얼마 만에 만나는 밥상 위 풀밭인가. 지난 날 나를 당황하게 했던 풀들을 건강한 밥상 위에서 다시 만나니 눈물겹도록 반가웠다.

그곳 복지사로 출근한 첫날이었다. 그녀는 틈날 때마다 시설 주변을 돌아다니며 식용 가능한 풀들을 알려주었다. 대부분 영양소가 풍부하고, 독성이 없어 날것으로 먹는 것이 좋다고 했다. 자연과 살다 보니 그것의 소중함을 알게 되었다는 그녀는 자연예찬론자 같았다. 매일 산과 들로 다니며 꽃과 나무, 다양한 풀들에 관한 이야기를 들려줬다. 특히 고들빼기가 맛있다며 밭에 많으니 마음껏 뽑아먹어도 된다고 했다. 하지만 내 눈에는 그저 낯선 풀이었고, 먹어도 되나 의심스러워 덥석 먹기가 두려웠다.

그때까지 나는 고들빼기를 알지 못했다. 가을에 파를 뽑고 나면, 잎이 넓은 그것은 땅에 붙어 자라 밭을 지저분하게 만들었다. 뽑아버리고 싶어도 뿌리가 굵고 깊이 박혀 있어서 제거가 쉽지 않았다. 거칠게 호미질을 하고 있는데 이웃집 아주머니가 버릴 거면 자기가 뽑아가겠다고 했다. 마침 애를 먹고 있던 참이었는데 손수 뽑아가겠다니 고마웠다.

얼마 뒤 그녀가 식사 준비한다며 밭에서 채소를 한가득 들고 왔다. 그 중에는 아주머니가 뽑아간 풀도 있었다. 잡초인 줄로만 알았는데 이것이 고들빼기였다니, 순간 당황했다. 그녀는 뿌리채소는 씻기만 해서 먹어보라 했다. 인삼처럼 향이 강하고 쌉쌀했다. 이 쓴맛 때문에 호불호가 갈린다던데 나는 오히려 향긋하고, 아삭한 뿌리의 식감과 흙냄새가 입맛을 돋운다고 생각했다. 그날 이후 생식은 나의 입맛을 완전히 바꿔버렸다. 아주머니가 호미까지 들고 와서 애써 캐간 이유를 알 것 같았다.

그녀가 외출하면 한가한 시간을 틈타 산과 밭을 돌며 나물채취에 나섰다. 한 바퀴 돌고 나니 농산물시장에 다녀온 것같이 바구니가 가득 찼다. 그중 고들빼기는 뿌리가 튼튼한 놈만 골라 깨끗이 씻고, 밭 가장자리에 뒹굴고 있던 단호박도 하나 따서 씨만 빼버리고 껍질째 먹기 좋게 썰었다. 생식을 제대로 즐겨볼 참이었다. 고들빼기는 씹을수록 단물이 나왔다. 숙성된 단호박은 식감이 아삭하고, 익힌 것 못지않게 당도가 높았다. 자연의 맛이란 이를 두고 한 말일 게다. 탄성이 절로 났다.

한여름이었다. 그녀는 나에게 얼음을 띄운 시원한 음료를 건넸다. 직접 담근 효소라는데 연한 갈색빛이면서 약한 풀냄새가 났다. 한 모금 마셔보니 은은한 풀향이 입 안 가득 풍겼다. '쇠비름'이라는데, 사진을 찾아보고는 깜짝 놀랐다. 내가 농사짓던 고구마밭에 골칫덩이 잡초였다. 이 풀의 번식력은 잡초 중에서 당할 재간이 없을 정도로 최고를 자랑했다. 서둘러 제거하지 않으면 고구마가 자라기도 전에 밭을 다 덮어버렸다. 이 풀 때문에 농사짓는 내내 골탕을 먹었다. 그런데 그녀는 쇠비름이 찬 성질이 있어서 여름철 갈증해소에 탁월하다고 했다. 지긋지긋했던 녀석이 여러 효능을 지닌 약초라고 하니 달리 보였다. 진작 알았더라면 나도 효소를 만들 걸 그랬다. 즉시 고구마밭으로 가서 쇠비름을 신나게 채취해왔다. 유리 항아리 가득 쇠비름과 설탕을 켜켜이 쌓아 채웠다. 그해 겨울, 효소로 변신한 쇠비름을 지인들에게 선물로 나눠주었다.

강한 생명력을 가진 풀에는 향과 맛에 개성이 있었다. 나는 고들빼기와 쇠비름을 만난 뒤로 자연의 맛에 흠뻑 빠져 제철 반찬거리는 직접 산과 들, 밭을 돌아다니며 구해먹었다.

오랜만에 만난 그녀의 밥상은 자연을 그대로 옮겨놓았다. 갖은양념으로 화려한 빛깔을 뽐내지 않는다. 찬물 목욕한 채소는 잎이 파릇파릇 살아 있다. 묵나물에 살짝 두른 들기름은 나물 본연의 맛을 해치지 않을 만큼 제 향을 낸다. 조화를 이루는 자연밥상은 꾸밈없는 은색 단발머리의 그녀와 쏙 빼닮았다.

"인간이 자연이잖아. 자연을 모르면 결코 삶을 유지할 수 없어. 앞으로 잘 지켜봐. 결국 사람들은 자연으로 돌아와서 그것과 소통하는 삶을 택할 거야. 요즘 사람들은 각종 영양제를 먹는데 그런 약보다 자연이 키워낸 건강한 음식을 먹는 것이 좋지 않을까?"

자연과 사랑에 빠져 산다는 그녀의 예견은 적중했다. 나는 시골생활이 따분해서 도망쳤지만 지금은 도시생활에 현기증을 느낀다. 자연 속에 살던 그때가 벌써 그리워진다.

얼마 전 소로의 『월든』을 읽다가 "나는 콩밭에서 캐낸 쇠비름을 끓

여서 소금을 친 것만으로도 만족스러운, 정말 여러 방면에서 만족스러운 식사를 했다"는 문장을 발견하고 반가웠다. 소로의 마음이 전해진 걸까, 밭에서 금방 캔 고들빼기 뿌리를 흙만 씻어내고 한 입 베어물고 싶어졌다. 후식으로 마시는 시원한 쇠비름 효소 한 잔도 생각났다.

복지사로 일하는 동안 나의 건강은 몰라보게 좋아졌다. 일을 한 게 아니라 음식요양을 위해 그곳에 머문 것은 아닌가 할 정도로 풀 속에 묻혀 살았다.

냉장고에서 씀바귀를 꺼낸다. 고들빼기를 생각하며 며칠 전 마트에서 구입한 것이다. 스티로폼 속 깨끗하게 세척된 씀바귀가 자연의 맛이 나겠냐만 고들빼기와 여러 모로 닮은 녀석이니 오늘 식사는 이것으로 생식해볼까 한다.

작가와 도둑

얼마 전 책장을 정리하다가 손바닥만 한 책 한 권을 발견했다. 표지만 보고도 금방 어떤 책인지 알 수 있었다. 대학 3학년 때 작가 인터뷰 과제물을 모아 만든 『작가와 도둑』으로 그리웠던 친구를 만난 것처럼 반가웠다.

25년 전, 전공과목인 현대소설 시간에 팀별로 작가를 선정하고 인터뷰를 하는 과제가 있었다. 과제 하나가 한 학기 점수였다. 학점에 민감한 나로선 이번 과제에 의욕이 앞섰다. 우리 팀 작가 선정과 원고 작성을 맡기로 한 나는 박경리 소설가를 염두에 두었다.

박경리 선생에게 미리 방문 신청 메일을 보내고 답신을 기다렸다. 한 달이 지나서야 인터뷰를 거절한다는 답장이 다른 사람을 통해 왔다. 취지는 좋지만 바빠서 만나기 어렵다는 내용이었다. 박경리 작가를 만날 수 있다는 기대로 한 달 동안 자료를 찾고, 질문지를 만들고 방문 날짜만 손꼽아 기다린 나는 맥이 탁 풀렸다. 교수님이 알려 준 개인 전화번호는 수신이 되지 않았고, 작가가 연세대 원주캠퍼스에서 강의를 한다기에 학회실로 전화를 해봤지만 강의 시간표를 모른다는 대답만 얻었다. 과제를 포기할 수도 없고, 작가를 바꾸기에는 발표일이 일주일밖에 남지 않았다. 시간이 턱없이 부족했다. 우리는 무작정 원주에 가보기로 했다.

오전 아홉 시. 함께 가기로 한 용태 선배는 도착 전이었다. 한 시간쯤 지나 도착한 선배는 2인용 갤로퍼에 셋이 탈 수 없어서 트렁크에 1인용 의자를 설치하느라 늦었다고 했다. 트렁크 의자에 앉은 현주는 경찰 눈을 피해 누웠다 앉았다를 반복하며 원주까지 가야 했다. 원주 가는 길은 가파르고 울퉁불퉁한 산길이었다. 속도를 내지 못해 기다시피 오르락내리락하며 달렸다. 현주는 속이 매스껍다고 하고, 나도 멀미가 나서 죽을 것 같았다. 쉬지 않고 달렸는데도 도착하니 오후 3시가 넘었다. 작가를 만난다 해도 인터뷰 할 시간이 너무 빠듯했다.

우리는 서둘러 '토지문화원'으로 향했다. 그곳은 박경리 선생의 작품을 감상할 수 있는 전시관과 토지문학공원 그리고 작가의 집이 있다. 듣던 대로 박경리 선생이 『토지』를 집필했던 옛집 그대로 남아 있었다. 아담한 단층집과 깔끔하게 정돈된 정원이 푸근한 느낌을 주었다. 하지만 주변이 황량한 가을 벌판이라 그런가, 쓸쓸한 기분을 감출 수 없었다.

우리는 외관만 둘러보고 서둘러 연세대 원주캠퍼스로 향했다. 혹시 그곳에 박경리 선생이 있을까 해서였다. 학교 입구부터 줄지어 서 있는 붉은 단풍나무가 가을의 절정임을 알렸다. 학회실 문은 닫혀 있었고 마지막으로 남은 곳은 '토지문화관'이었다. 길을 물어가며 간신히 도착한 그곳에는 토지문화관과 집 한 채가 나란히 있었다. 왠지 이곳에서는 박경리 선생을 만날 수 있을 거란 느낌이 들었다. 급히 문화관으로 연락을 했다. 문 앞에 왔는데 잠깐이라도 시간을 내줬으면 한다고 부탁했지만 이번에도 만날 수 없다는 대답만 돌아왔다. 현주와 나는 멍하니 선생의 집만 바라봤다. 우리의 기분과 달리 가을산은 운치를 자아냈다. 산꼭대기부터 원색의 물감을 묽게 흘러내린 듯한 단풍이 마치 선생의 집을 한몸에 품은 것 같았다. 이런 곳에서 작품이 나오는가보다…, 하지만 기분 탓인지 한적한 그곳이 하나의 섬처럼 느껴졌다.

얼마쯤 지났을까. 문을 열고 누군가 밖으로 걸어나왔다. 달려가 다시 한번 작가를 만나게 해달라고 졸랐다. 하지만 대답은 똑같았다. 해는 어느덧 기울어가고 포기할까 뒤돌아서는데 할머니 한 분이 마당으로 걸어나왔다. 백발에 왜소한 체격, 얼핏 봐도 박경리 선생이었다. 그런데 나와 눈이 마주치자 그분은 급히 등을 돌려 집으로 들어갔다. 속상했다. 인사도 못 드리고 돌아가야 한다는 아쉬움에 눈물이 날 것 같았다.

우리는 교수님께 전화로 사정을 말씀드리고, 다음날 다시 오기로 했다. 계획에 없던 숙박이라 가진 돈을 털어 간신히 터미널 근처 여관을 잡을 수 있었다. 저녁식사 대신 맥주를 마시며 밤새 아쉬움을 달랬다.

내가 끝내 작가를 만나고자 한 것은 오랫동안 동경해온 작가와 한번쯤 마주 앉아 그의 삶과 문학을 육성으로 듣고 싶어서였다. 소설을 읽다보면 작가의 삶도 짐작되던데, 그것이 맞다면 실제의 '나'와 소설 속 인물을 어떤 방식으로 구분을 지어 그려내려고 했는지도 묻고 싶었다. 마침 기회가 주어졌고 과제 준비를 하면서 기대에 부풀었는데 그 마음을 단번에 포기하기가 싫었다. 교수님은 너희가 뭐가 못나서 구걸까지 하냐며 그냥 내려오라 했지만 나는 왠지 억울한 기분마저 들었다.

다음날에도 끝내 작가는 만나지 못했다. 결국 작가 탐방은 실패였다. 그런데 학점은 최고점을 받았다. 우리의 사정을 안 교수님의 배려가 아닌가 싶다.

『작가와 도둑』을 읽다보니 당시에 책을 만들어주신 교수님이 생각났다. 급히 수소문해 찾아봤지만 얼마 전 암으로 돌아가셨다고 한다.

나는 대학 4년 동안 교수님의 수업이라면 모조리 찾아서 수강했다. 발표 수업이 많았고 시험이나 과제도 까다로웠다. 후한 점수를 기대할 수는 없어도 교수님 강의는 나의 풀리지 않는 갈증을 풀어주기에 딱이었다. 그때 박경리 작가를 연구한 것도 교수님께 자극을 받아서였다. 예리한 눈빛, 우렁찬 목소리로 강의하던 교수님 모습이 생생하게 떠오른다. 좀 더 일찍 찾아뵐 것을…. 밀려오는 아쉬움. 교수님은 그 자리에 영원히 계실 줄로만 알았던 것이다.

그나저나 현주와 용태 선배는 잘 살고 있을까. 그들은 책 속 사진 그대로의 모습으로 내 기억 안에 멈춰 있다. 더 미루지 말고 연락 한번 해봐야겠다.

내 친구 미선이

미선은 나보다 한 달 먼저 결혼했다. 웨딩 행진곡에 맞춰 입장하는 그녀를 보고 나는 펑펑 울었다. 친구 결혼식에 눈물이 나기는 처음이었다. 쏟아지는 감정을 걷잡을 수 없었다. 그녀와의 추억이 담긴 앨범 속 사진을 한 장씩 넘기듯 밀려오는 그리움을 넘겨가며 새 신랑에게로 걸어가는 미선을 눈물로 바라보았다.

우리는 결혼 후 고향을 떠났고, 사는 곳도 멀어졌다. 점점 연락이 뜸해지다가 어느 날부터인가 그마저도 끊겨버렸다. 몇 년쯤 흘렀을까. 거짓말처럼 그녀에게서 연락이 왔다. 아무 일 없었다는 듯 통화를 했고 당장 만나기로 했다. 하지만 약속 날짜가 다가오자 그녀가 날짜를 미뤘다. 사정이 생겼다는 것이다. 그 후로도 그녀는 만나지도 못할 약속을 무턱대고 하고 또 연기했다.

미선이는 오늘도 약속을 취소했다. 벌써 몇 번째인지. 어느 날 갑자기 연락해 만나자 하고 날짜가 임박하면 취소하기를 반복하고 있다. 이제 나도 그녀에게 적응이 되어가는 것 같다. 그녀를 잘 아는 나로서는 이해할 수밖에 없다. 어쩌면 한동안 연락이 없을 수도 있다. 아예 몇 년이 걸려야 할지도 모른다. 아마 그 시간을 기다리지 못할 때는 내가 먼저 달려가거나 연락하게 될지도 모를 일이다. 늘 그래왔던 것처럼.

나는 약속만큼은 철저히 지켜야 한다는 주의인데, 미선이에게는 왠지 관대하다. 그녀가 이래저래 약속을 변경할 땐 섭섭하긴 했어도 화나거나 얄밉지는 않았다. 그녀를 알고부터 지금까지 내 마음은 한결같았으니 이쯤이야 하는 건지도 모른다. 여섯 살 때부터였으니까 사소한 일로도 한 번쯤 다툴 만한데 우리는 그런 일이 전혀 없었다.

맹목적으로 그녀를 좋아했던 것 같다. 미선이를 생각하면 유리창처럼 맑고 투명했던 얼굴이 먼저 떠오른다. 금방이라도 눈물이 쏟아질 듯이 큼지막한 눈과 말쑥하게 모아서 묶은 긴 생머리도 잊을 수 없다. 마른 몸에 키가 컸고 느릿하고 묵직하게 깔리는 저음에 혀가 약간 짧고 코가 막힌 듯한 말투는 귀엽기조차 했다. 미선이는 늘 웃는 얼굴이어서 화를 내도 전혀 무섭지 않고, 그래서인지 그늘진 얼굴도 거의 본 적이 없다. 그녀 곁에는 친구들이 항상 몰려 있었고, 어딜 가든 인기가 많아 질투날 때도 있었다.

미선이 집에 가면 언제나 훈훈한 기운이 느껴졌다. 다정하고 친구 같은 부모님과 그녀의 어리광을 마냥 귀엽게 봐주는 언니와 오빠가 있었다. 가족이 둘러앉아 단란하게 대화를 나눌 때면 언니들이 많아도 홀로 생활하다시피하던 나는 마냥 부럽기만 했다.

우리는 중고등학교를 다른 학교로 배정받고 한동안 만날 수 없었다. 다시 그녀를 만난 건 동네 독서실에서였다. 수능을 며칠 앞두고 집으로 돌아가기 위해 짐을 싸던 날, 옆 공부방 문이 열리면서 가방을 든 그녀가 나왔다. 거의 6년 만이었다. 눈이 마주치자마자 우리는 얼싸안고 괴성을 질러댔다. 독서실장이 무슨 일인가 달려나왔다. 지난 6년의 회포를 당장 풀기엔 시간이 턱없이 부족했다. 수능과 전쟁을 치르고 꼭 다시 만나자고 몇 번씩 다짐하면서 또 헤어졌다.

대학에 들어가면서 미선이와 나는 저녁 때마다 동네 강둑에서 만났다. 해가 질 무렵이면 강둑에 앉아 멍하니 있는 나를 미선이는 알고 함께했던 것이다.

열여섯 살이 되던 해 갑자기 아버지가 돌아가시면서 나는 외톨이가 되었다. 엄마는 장사하느라 바빴고 언니들도 저마다 자기 일에 바빠 나에게 관심을 주지 않았다. 우리 집은 밤 늦게야 불이 켜졌다. 사춘기였던 나는 항상 외롭고 우울했다. 수능을 치를 때도 혼자였다. 친했던 한 친구가 학교에서는 모범생이었지만 밤이 되면 카페에 나가 술과 담배를 즐겼다. 나도 그 친구들과 친해지면서 처음 일탈을 생각했다.

아무도 나에게 관심이 없던 시절, 그들과 함께 있으면 나의 존재를 느낄 수 있었다. 쉽게 빠져나올 수 없는, 선과 악을 흔드는 무엇이 그들 세계에는 있었다. 하지만 혼란스러웠다. 뭔지 모를 어지러움이 끊임없이 나를 흔들었다. 혼돈 속에서 괴로울 때면 홀로 강둑을 찾아가 마냥 걸었다. 그걸 알고 있던 친구가 미선이었다. 미선이는 매번 내가 있는 곳에 나타나 나의 마음을 다독여주었다. 서로 다른 대학을 다녀 귀가시간이 달랐지만 그 강둑에서만은 우연인 듯 자주 만났다. 그녀는 언제고 그림자처럼 옆에 앉아 있었다. 시간이 흐르면서 우리의 우정은 더 단단해져갔다.

성인이라 하기엔 어리고 그렇다고 온전히 성인도 아닌 어설픈 스무 살, 뭘 해도 불확실한 시간 속에서 우리는 상처받고 아픈 날이 더 많았다. 의욕은 넘쳤지만 어느 것 하나 뜻대로 되지 않았다. 인간관계도 공부도 취업도 내가 원하는 반대방향으로 흘러갔다. 하지만 내 삶은 내가 책임지는 것이라고 배웠기에 쓰라린 현실과 부딪힐 때마다 우리는 강둑에 앉아 청춘의 아픈 마음을 위로받았다. 꿈꾸던 대로 되지 않으면 인생이 어떻게 되냐고, 꿋꿋이 버텨보자고, 서로의 마음을 다독이기도 했다. 상처난 마음에 연고를 바르고 반창고까지 단단히 붙여주면서 새로운 의지로 힘을 키웠다.

미선이는 나를 '일기장'이라고 불렀다. 가슴 한켠에 숨겨둔 자신의 이야기를 일기 쓰듯 하나하나 나에게 꺼내놓으면 캄캄했던 마음이 환해진다고 했다. 다른 사람에게 나를 자기 일기장이라고 소개하면 내가 그녀의 큰 비밀이라도 품고 있는 것 같은 야릇한 기분이 들었다. 그러나 미선이도 나에게 일기장이긴 마찬가지였다. 우리의 가슴에 서로의 이야기를 품고 있다고 생각하면 텅 빈 마음에 온기가 느껴지는 것 같았다.

나는 바쁘게 생활하다가도 문득 미선이가 떠오르면 애틋해지면서 그녀가 보고 싶어진다. 마음 같아서는 당장 연락해볼까 싶지만 그냥 기다리자는 쪽으로 생각을 정리하곤 한다. 굳이 연락하지 않아도 때 되면 만날 수 있지 않을까 하는 생각이 드는 것이다. 우린 그런 사이였다.

2년 전 미선이는 급한 일이 있다며 약속을 취소했다. 금방 연락한다 해놓고는 아직도 소식이 없다. 그녀의 성격으로 봐선 완벽한 워킹맘으로서 일과 가정에 자신의 열정을 쏟고 있을 것이다. 카톡 프로필 속 미선이는 아들 셋에 둘러싸여 행복해보인다. 바빠도 틈틈이 일기는 쓰고 있겠지.

여전히 나는 미선이에게 일기장이었으면 바란다. 살아가면서 그런 친구 하나 가슴에 두고 싶어서이다. 자주 만나면 어떻고 어쩌다 만나면 또 어떤가. 그깟 약속쯤 미루고 또 미뤄도 괜찮다. 지금은 육아에 힘쓰고 그리움일랑 마일리지로 쌓아두라고 사진 속 미선이에게 말을 걸어본다. 몸은 멀리 있어도 마음이 이처럼 가까이 있다는데 무슨 걱정이냐고.

세 아이와 행복한 미소를 짓고 있는 친구가 오늘 따라 더 그립다.

그 사람

12년 전 어느 날, 낯선 여자의 전화를 받았다. 남편이 며칠째 소식이 없다며 그의 지갑 속 유일한 명함이 내 것이라고 간신히 말을 이어갔다. 그와 무슨 관계고, 언제 만났고 지금 어디 있는지 아느냐고 물어왔다. 나는 모른다고 잘라 말했다. 그녀의 한숨소리가 전화기 너머로 길게 들려왔다.

그와 나는 같은 과 선후배 사이로 교내에서 소문난 커플이었다. 거의 같은 과목을 수강했고 도서관이든 식당이든 종일 붙어다녔다. 2년 뒤 그는 나보다 먼저 대학을 졸업하고 회사에 취직하면서 서울로 올라갔다. 우리는 주말마다 대구와 서울을 서로 오가며 데이트를 즐겼다. 연애 기간이 길어지자 양가 어른들은 결혼하기를 바랐다. 하지만 그는 4년을 만나면서도 결혼 이야기를 한 적이 없었다. 어른들 말씀에 싫다고 하지 않았지만 그렇다고 반기지도 않았다.

결혼 이야기가 오가던 중 그가 부산으로 이직했다. 언제부턴가 전화를 해도 받지 않고 아예 꺼져 있는 날도 많았다. 회사일이 힘들어서일 거라고 생각했다. 어쩌다 대구에 왔지만 얼굴만 잠깐 비추고 급히 돌아갔다. 내가 부산으로 가겠다 해도 오지 말라 했고, 회사 숙소로 찾아가도 그를 만날 수 없었다.

함박눈이 내리던 크리스마스 이브였다. 무슨 일이 있어도 만나러 오겠다던 그가 나타나지 않았다. 눈길에 사고라도 난 것은 아닌지 뜬눈으로 밤을 보냈다. 그날도 그의 전화기는 밤새 꺼져 있었다.

나는 부산행 첫차를 탔다. 숙소에는 아무도 없었다. 차가운 계단에 앉아 한참을 기다렸다. 엉덩이에 쥐가 나고 손발이 오그라들 만큼 추웠다. 추위에 떨면서도 그에게 안 좋은 일이 있을까 마음이 초조했다. 해가 질 때쯤 인기척이 들렸다. 그의 방으로 들어가는 것으로 보아 룸메이트 같았다. 내가 그의 약혼녀라고 인사하자 찬찬히 훑어보더니 혼잣말로 '아닌데…' 하며 고개를 갸웃했다. 마음이 쓰였던지 그가 여행 간다면서 휴가를 냈다는 말을 하고 숙소 안으로 들어갔다. 분명히 나와 만나기로 했는데 어딜 간 것일까.

그가 잠적한 일은 이번이 처음이 아니었다. 서울에 있을 때도 종종 그랬고 어떤 땐 한 달 이상 연락이 끊긴 적도 있었다. 나중에 나타나서는 카드빚을 갚지 못해 도망 다녔다고 했다. 그는 힘든 상황이 닥치면 연락을 끊고 숨어버리는 사람이었다.

한 달쯤 지나 그에게서 전화가 왔다. 태연하게 부산으로 와달라는 것이었다. 나는 한달음에 내려갔다. 그는 웃으며 나를 반겼지만 어쩐지 나는 그가 낯설게 느껴졌다. 뜬금없이 바다를 보여주겠다고 했고 바닷가에 도착하자 나를 내버려둔 채 혼자서 해변을 거닐었다. 멀어지는가 싶더니 어느 순간 내 시야에서 사라졌다. 나는 그 자리에서 꼼짝않고 서서 멍하니 바다만 바라봤다. 저러는 그도 멍청해보이는 나 자신도 이해할 수 없었다. 눈물이 하염없이 흘렀다.

한 시간쯤 지났을까, 멀리 그의 모습이 보였다. 누군가와 통화를 하다가 나와 거리가 좁혀지자 전화를 끊었다. 처량하게 먼 바다만 바라보는 내 모습이 딱 실연당한 여자 같다며 너스레를 떠는 그는 전연 다른 사람이었다. 툭하면 나를 기다리게 해놓고 변명조차 하지 않았던 사람. 지금껏 어디 있다가 이제야 나타났냐고, 나를 왜 이곳까지 오게 했냐고 나도 물어보지 않았다. 내가 따지고 들면 또 사라질 것 같아서였다. 무슨 일이 있어도 그를 다독여 곁에 둬야 한다고 생각했다.

그는 바닷가에서 차 한잔도 마시지 않고 다시 부산역으로 향했다. 역에 도착했을 때는 이미 해도 저물고 눈발도 조금씩 날리고 있었다. 기차표를 끊어놓고 역 광장 벤치에 앉았을 때, 그가 내게 무슨 노래가 듣고 싶냐고 물었다. 나는 속없이 부활의 〈네버엔딩 스토리〉를 들려달라고 했다. 핸드폰 스피커에서 흘러나오는 노랫말이 그날 따라 더욱 더 슬프게 들려왔다. '너는 떠나며 마치 날 떠나가듯이 멀리 손을 흔들며 언젠가 추억에 남겨져 갈 거라고….'

대구로 돌아오는 기차 안에서 그의 문자를 받았다. 다른 여자가 있다며 그만 헤어지자는 내용이었다. 바닷가에서 부산역으로 갈 때 그의 차에서 똑같이 생긴 핸드폰 두 개를 봤었다. 설마 했지만 물어보고 싶지 않았다. 불길한 예감은 나에게도 예외 없이 맞아떨어졌다.

그러고 2년쯤 지나 그의 연락을 받았다. 숨이 턱 막혔다. 나의 삶은 그날 그와 헤어지면서 엉망이 되어버렸다. 직장도 그만두고 전국을 떠돌아다녔다. 발길 닿는 곳마다 그와 함께한 추억이 떠올라 도저히 대구에 있을 수 없었다.

시간이 흐르고 그의 기억이 희미해지면서 이제야 일상으로 돌아왔다 싶었는데 그가 불쑥 다시 나타난 것이다.

내가 전화를 피하자 몇 날이고 우리 집으로 찾아와 만나주기를 원했다. 마음은 정리했지만 한번은 그를 만나야 할 것 같았다. 그는 나에게 다시 시작하자며 목걸이를 내밀었다. 전에 만났던 여자와는 아닌 것 같아서 결혼식 전날 도망쳤다고 했다. 이런 쥐새끼 같은 남자 때문에 나의 귀한 시간을 허비했다고 생각하니 화가 치밀었다. 마음 같아선 정강이라도 걷어차주고 싶었다. 한두 번도 아니고, 책임감이란 게 있기는 한 것인지 하마터면 육두문자를 쏟아부을 뻔했다. 나는 다음 달에 결혼하는데, 더 할 말 있으면 신혼여행 다녀올 때까지 기다리든가 마음대로 하라며 무표정하게 돌아섰다. 갑자기 그의 손에 들렸던 목걸이가 하수구로 내동댕이쳐졌다. 제대로 한 방 날린 것 같은데 속은 개운하지 않았다. 계획에 있던 시원한 웃음도 나오지 않았다.

이번에도 제멋대로 사라졌나보다. 당황하고 있을 그녀에게 그는 나에게도 그 전의 여자한테도 그랬으니 기다리지 말라고 말해주고 싶었다. 하지만 꾹 참았다. 한편에선 그의 근황이 궁금했다. 이도 참아야 했다. 어디로 숨어버렸는지 선후배들 사이에서도 그의 소식은 전혀 들리지 않았다. 아무래도 이번엔 제대로 도망친 모양이다.

북성로 연탄불고기

북성로 연탄불고기라니, 오랜만에 듣는 친구 이름처럼 반가웠다.

위암으로 6개월째 병원에 있는 선배에게 문병가면서 뭘 사다줄까 물었을 때 전혀 먹고 싶은 게 없다고 했다. 나는 선배가 먹고 싶다고 하면 어떤 음식이든 구해볼 테니 생각해보라고 졸랐다. 그는 몇 번을 머뭇거리다가 북성로 연탄불고기를 떠올렸다. 먹는 것조차 귀찮은데 그것은 어쩌다 생각이 난다는 것이었다. 선배가 아프기 전까지 야식으로 많이 먹던 음식으로 이제는 가게들이 거의 없어졌지만 우리가 함께 갔던 곳은 아직 그 자리에 남아 있다. 마음이 급해졌다.

대구를 떠나고 20년 동안 연탄불고기를 먹지 못했다. 하지만 그 맛은 또렷이 기억이 난다. 오늘 먹고 다음날 생각나서 또 먹어도 질리지 않았다. 종잇장처럼 얇게 저민 돼지고기를 달짝지근한 양념이 잘 배도록 재워두었다가 연탄불에 태워가며 굽는 요리로, 비계 반 살코기 반인 부위지만 불향과 어우러지면, 그 맛은 1등급 차돌박이와 견

주어도 밀리지 않았다. 야들야들한 고기는 꼭꼭 씹지 않아도 국수를 먹을 때처럼 후루룩 잘 넘어갔다.

식당은 외관만 조금 바뀌었을 뿐 내부는 그대로였다. 어릴 적 우리 가족의 외식 장소이기도 했는데 반갑게도 그때 우리 자리가 그대로 있었다.

어렸을 때 우리 집은 외식을 자주할 만큼 형편이 좋지 않았다. 그래도 아빠는 가끔 가족을 데리고 돈가스나 돼지갈비를 먹으러 갔다. 하지만 일곱 식구가 배불리 먹을 수 있는 음식으로 저렴하고 맛있는 연탄불고기만 한 게 없었다.

고기는 연탄불에 초벌로 익혀서 나왔다. 연탄에 빨갛게 불꽃이 피면 석쇠에 놓인 고기에서 기름이 떨어지고 하얀 연기가 올라온다. 고기 양념이 타는 달콤한 냄새가 식욕을 자극했다. 상 위에 버너를 올려놓고 불판에는 은박지를 씌웠다. 주인이 초벌된 고기를 가져와 달궈진 불판에 올리면 아빠가 집게로 고기를 좍 펴주는데 시선을 뗄 수가 없었다. 침을 몇 번이나 삼키며 기다리는 그 시간이 세상에서 가장 길게 느껴졌다. 드디어 아빠의 '먹자'란 말이 떨어지면 나는 숟가락으로 고기를 마구 퍼먹었다. 잘하지 못하는 젓가락질로는 언니들의 속도를 따라잡을 수가 없었다. 몇 날을 굶은 것처럼 전투적으로 꾸역꾸역 목구멍에 밀어넣어도 고기는 입안에서 자꾸만 녹아 없어졌다. 엄마가 탄 음식은 몸에 좋지 않다고 했지만 이 불고기는 일부러 태워 먹는 음식인지 거의 까맸다. 그런데 나는 그 부분이 더 맛있었고 심하게 태운 것만 집중적으로 골라 먹었다.

20대의 나는 학원강사 일을 하면서 밤 11시가 넘어서야 퇴근했다. 저녁을 못 먹고 퇴근하는 날에는 녹초가 되었다. 그 시간에는 집에 가도 딱히 먹을 것이 없었다. 그때, 지친 나를 반기는 곳이 북성로 공구상가 골목의 포장마차였다. 공구상가가 저녁에 문을 닫으면 하나 둘 리어카가 들어오고 금세 골목은 포장마차거리로 변신한다. 자정이 넘으면 시간을 잊은 사람들이 몰려와 골목은 항상 북적였다. 연탄불고기와 우동, 소주 한 병을 세트로 만 원에 팔았다. 불고기 맛이 좋아서이기도 했지만 주머니 사정이 가벼운 날, 큰소리치며 한턱낼 수 있는 부담 없는 가격이어서 더 좋았다. 나와 선배는 1차, 2차로 술을 거나하게 마시고 마지막 코스로 꼭 그곳을 들렀다. 입가심으로 연탄불고기 세트까지 먹어야 완벽한 마무리라고 강조했다. 인심쓰며 배를 불릴 수 있고, 지친 영혼도 위로받는 그곳은, 언제든 찾아가도 푸근하게 쉴 수 있는, 우리들의 힐링공간이었다.

지금은 '북성로 연탄불고기'를 여느 식당에서도 만날 수 있다. 인터넷으로도 판매해 그곳까지 가지 않아도 집에서 편하게 먹을 수 있다. 하지만 내가 그 시절 포장마차에서 먹던 연탄불고기 맛은 아니다. 몇 년 전 동대문시장에서 우연히 연탄불고기를 발견하고 반가움에 들어가 주문했지만 '북성로 연탄불고기'와 향은 비슷했지만 모양도 맛도 내가 찾던 그것이 아니었다.

이제는 대구에서도 그 맛을 찾기 힘들어졌다. 북성로 공구골목이었던 자리에 아파트가 들어서면서 포장마차들도 덩달아 문을 닫게 되었다. 지금은 몇 군데만 겨우 자리를 지키고 있다. 밤새도록 떠들썩했던 그곳이 사라진다고 생각하니 나의 추억까지 빼앗긴 것 같아 마음이 허전하다.

선배는 내가 사다준 불고기를 몇 번에 나눠 남김없이 먹었다고 했다. 물도 삼키기 싫었는데 그건 술술 잘 넘어가더라나. 어쩌면 선배도 건강했던 젊은 날 그곳에서 보냈던 시간이 그리웠는지도 모른다. 나는 선배가 퇴원하면 북성로 포장마차 골목에 가서 크게 한번 쏘겠다고 말해주었다. 예전처럼 코가 삐뚤어지게 술도 마시고 새벽이 올 때까지 신나게 한번 달려보자고….

제3부
그에게로 가는 길

그에게로 가는 길

금요일이면 남편을 만나러 간다. 짐을 싸면서 이번에는 며칠쯤 머물까 고민한다. 빨리 돌아와야 할 이유는 딱히 없지만 그렇다고 그곳에 오래 있어야 할 이유도 없다. 대부분 주말만 같이 보내고 서울 집으로 돌아온다.

그에게 가려면 지하철을 다섯 번 갈아타고 마을버스를 또 타야 한다. 거리가 멀어 엄두는 안 나도 일단 집을 나서면 여행 가는 기분이 드니 나쁘지는 않다.

그는 나와 떨어져 수십 년도 더 된 관사에서 산다. 내부는 그가 입주하기 전에 수리를 마쳤지만 외관은 주인 없이 오랜 세월 방치된 시골집 분위기다. 긴 텃밭을 따라 똑같이 생긴 관사가 줄지어 있고 중간쯤에 그의 집이 있다. 낡은 외관에 비해 고급스러운 번호키가 현관문에 달려 있다. 그가 없을 때 비밀번호를 누르고 있는 나는 다시 연애하는 기분이 든다.

현관문을 열면 새 집 냄새가 진동한다. 두 달이 지났는데도 벽에서 풍기는 접착제와 페인트 냄새로 머리가 지끈거린다. 벽지와 방문, 싱크대까지 모두 흰 색으로 통일된 집안은 깨끗하고 넓어 보이긴 하나, 가구가 없는 하얀 거실은 휑한 느낌마저 든다. 싱크대는 물얼룩 하나 없이 반들반들 윤이 나고, 빳빳하게 잘 마른 행주는 네모 반듯하게 접어놓았다. 서울 집에서 가져온 각양각색의 그릇과 누렇게 색이 바랜 낡은 밥솥만이 깔끔한 주방과 어울리지 않게 한 귀퉁이에 놓여 있다. 냉장실에는 반찬통이 크기별로 앉아 있고, 냉동실은 즉석식품으로 가득 찼다. 줄어든 쌀과 반찬을 보니 밥은 해먹는 것 같아 마음이 놓인다.

다용도실은 아예 술 전문 바bar라고 해야 맞았다. 각종 술과 안주가 다용도실 진열장을 장식했다. 음료수, 일회용 수저와 그릇까지 격식에 맞게 갖춰져 있다. 손님이 갑자기 찾아와도 문제없을 정도다. 냉동실 식품들은 모두 안주감이고 쓰레기 분리수거함에는 술병이 가득하다. 간부들을 숙소로 초대해 식사하면서 생활에 적응하나 했는데 매일같이 술잔치를 벌인 모양이다. 이렇게라도 외로움을 잊고 지냈구나 싶어 잠깐 마음이 쓰였지만, 이건 아니었다.

다용도실에 비해 다른 공간은 혼자 사는 집에 맞게 단출했다. 정리정돈도 잘 돼 있다. 그는 냄새에 민감한 편이다. 핸드크림 하나도 자기가 좋아하는 향을 고집한다. '홀아비 냄새'를 걱정해서였을까, 집안 구석구석 방향제를 놓았다. 욕실은 더 신경을 쓴 듯 은은하게 기분 좋은 향이 풍겼다. 주부 9단이 정리해도 이보다는 못할 것이다. 그가 이렇게까지 깔끔했던가, 꽁무니를 쫓아다니며 치워줄 정도였는데 도무지 믿기지 않았다.

군인인 남편은 4개월 전 경기도 광주로 발령을 받았다. 그의 발령과 동시에 우리가 살던 집도 이사해야 했다. 출근 시간이 2시간 늘어나면서 나는 새벽 5시에 일어나 그의 아침식사를 챙겼다. 갈수록 그 일은 지쳐갔다. 어느 날 주말부부로 사는 건 어떨지 서로 고민하게 되었다. 처음에는 나도 남편을 따라 광주로 내려갈까 했지만 여러 가지로 불편한 군사지역에서 내가 하고 싶은 일들을 또 다시 미루고 싶지는 않았다. 남편의 근무지는 대부분 지방이거나 시골이어서 문화생활은커녕 친구 하나 사귀기 어려웠다. 대중교통을 이용하는 나에게는 '1일생활권'이 남의 일처럼 먼 이야기였다. 그때 마침 남편이 잠시 떨어져 사는 건 어떻겠느냐고 제안을 해왔다.

남편 혼자 광주로 보내놓고 내심 홀가분했다. 하지만 그는 틈만 나면 전화해서 외롭다고 하소연했다. 혼자 지내는 시간이 길어지면서 그리로 와서 같이 살자고 조르다가 어느 날에는 밤 늦게 불쑥 나에게로 달려왔다. 남편 투정이 못마땅했지만 한편으론 마음이 쓰였다. 부모님의 보살핌을 받지 못하고 외롭게 자란 남편의 어린 시절이 떠올라서였다. 그런 그를 생각하면 조금이라도 더 같이 있고 싶고, 이제라도 다시 한집에 살아야 하나 흔들리기도 했다. 전에 없이 내게 잘해주어 더 혼란스러웠다. 같이 살 때는 손 하나 까딱하지 않던 사람인데 따로 살면서 많이 달라진 것도 한몫했다. 내가 가면 청소며 설거지며 알아서 척척하고 나를 위해 밥상까지 차려낸다. 신혼 때도 받아보지 못했던 대우를 지금 받고 있다. 그의 행동이 내 마음을 움직였고 나는 그가 부르지 않아도 매주 그에게로 간다.

그가 출근한 월요일 아침, 나는 대충 집안을 정리하고 서울로 갈 가방을 싼다. 버스정류장까지는 시골길을 한참 걸어야 한다. 하루에 몇 번 다니지 않는 버스를 놓치기라도 하면 마냥 기다려야 하지만 일부러 버스 시간표를 확인하지 않기로 한다. 시골분위기를 즐겨보기 위해서이다. 그가 사는 동네에서 잠시나마 그의 환경을 느껴보고 싶은 마음도 있다. 결혼하고 18년 동안 남편의 근무지를 따라다니며 시골 구석구석을 살아왔다. 영하 25도가 넘는 양구에서도 살아봤고 춘천에서도 살았다. 이제는 서울에서 서울여자로 사는가 했는데 다시 시골로 발령이 났다.

힘든 결심이었지만 주말부부로 지내게 된 것은 나를 위해 잘한 일이었다. 남편이 어려운 선택을 해주었다. 우리는 떨어져 지내는 2년이라는 기간을 자기 자신을 위해 최선을 다해보기로 했다. 각자 단단해져서 다시 한집에서 살아보기로. 그래서 그에게로 가는 길은 부담이 없다. 조금씩 야물어가는 서로를 확인하는 한 주가 기다려지고 돌아오는 다음 주를 계획하게 된다. 우리가 월요일에 헤어지는 일은 그곳을 떠나는 것이 아닌, 왔던 곳으로 다시 돌아가는, 그 행위일 뿐이라는 걸 몇 번쯤 그에게로 가는 길 위에서 알게 되었다.

망가진 부츠

회식이 있다던 남편이 일찍 귀가했다. 다른 날처럼 술과 한 몸은 되지 않았다. 새해를 맞아 술을 줄인다더니 그 다짐을 지킬 모양이었다. 노력하는 모습이 고마워 해장꿀물을 타주었다. 나는 다음날 대구에 일이 있어 내려가니 며칠간 잘 지내라고 당부했다.

남편이 현관에 놓인 신발장을 뒤지기 시작했다. 그의 몸에 밴 습관이다. 신발 점검을 마치고 잠시 고민하는가 싶더니 며칠 전 새로 장만한 내 부츠를 꺼내들었다.

"오랜만에 친구들 만나는데 신발이 이게 뭐야? 벌써 앞코가 까졌네?"

남편은 방으로 들어가 크레파스와 헝겊을 들고 나왔다.

나는 남편이 신발 닦는 게 싫다. 내 신발을 건드리는 것은 더 싫다. 일단 신발을 닦기 시작하면 한 시간도 넘게 그 일에 집중하는데, 굉장한 자부심을 갖고 닦는다. 닦고 나면 코가 하늘을 찌른다. 무조건 잘했다, 고맙다는 인사를 몇 번씩 받아야 자랑을 끝낸다. 여간 피곤한 일이 아니다. 부탁한 것도 아닌데 신랑 잘 만나서 깨끗한 신발 신고 다니는 줄 알라며 공치사까지 나온다. 나는 남편이 내 신발을 잘못 닦아서 망가트릴까봐 두렵다. 아니, 불안하다. 한 시간 동안 구두를 닦으면서 자신은 즐거울지 모르나 나는 불안에 떨어야 한다. 15년을 살면서 말려도 보고 얼러도 봤지만 결국 싸움으로 이어졌다. 술도 한 잔 마셨겠다, 괜히 말렸다가는 다음날 집을 떠나며 기분 상할까봐 건드리지 않기로 했다.

남편이 신발에 몰입하는 동안 나는 집을 비운 사이 그가 먹을 밥과 반찬을 정리했다. 20분쯤 지났을까, 갑자기 아무 소리도 들리지 않았다. 얼마의 정적이 흘렀다. 남편은 갑자기 화장실로 달려가 헤어 드라이어를 틀어댔다. 뭔가, 불안감이 엄습했다.

'설마….' 기다려보자. 담담하게 기다려주리라. 냉장고 문을 닫고 마지막으로 싱크대 정리까지 마쳤다. 남편은 아직도 드라이어를 끄지 않았다. 더는 기다릴 수 없었다.

"그만 닦아! 가죽 다 닳아 없어지겠네."

남편이 나에게 다가왔다.

"자기야, 신발 새로 사야겠다. 내가 다시 사줄게."

이게 무슨 청천벽력 같은 소리. 등골이 오싹해지면서 머리끝에서 발끝까지 피가 솟구쳤다. 뒷목잡고 나동그라질 판이었다. 불과 몇 분 전까지 신발장에서 가장 멋진 폼으로 앉아 있던 부츠가 시커멓게 멍든 꼴을 하고 있었다. 나는 거의 울상이 되었다.

"그냥 왁스칠했을 뿐인데 시커멓게 되더라고. 그래서 물로 닦고 드라이어로 말렸던 건데 가죽이 죽어버렸어. 휴~ 미안해. 내가 내일 돈 줄 테니 새로 사."

가죽이? 죽었어? 가죽에? 물을? 드라이어를? 어느 하나도 상식적으로 답이 나오지 않는다. 15년이란 세월을 같은 방법으로 신발을 닦았는데 오늘은 가죽에 물을 먹였고, 죽으니 드라이기로 살려보려고 했단다. 그럼 지금까지 다른 신발들은 운이 좋아 살아남았다는 결론이다.

이 부츠는 중요한 날에 신으려고 아껴둔 신발이다. 2주 전에 백화점에서 손 떨어가면서 구입한 것이다. 큰마음 먹고 열 번도 넘게 생각하고 구입한 새신이다. 세 번쯤 신었을까. 그런데 오늘, 술 취한 남편에게 참변을 당했다. 망가진 신발을 내려다보았다. 남편이 어떤 결정을 할 때마다 말리지 못하고 참았던 속상함과 불안했던 감정들이 폭발하기 시작했다.

"악! 악! 악! 왜 하필 나야! 왜 내 거야? 날 망치려고 작정한 거지? 술 마시고 왔으면 잠이나 잘 일이지! 상대가 바라지도 않는 호의는 민폐일 수 있다는 거 몰라? 당신은 나한테 항상 강요만 해왔어. 고마워하라고? 누가 해달랬어? 난 진짜 싫었어. 당신 자존심 상할까봐 참았던 거야. 그런데 결국 날 이 지경으로 만들었어. 악! 악!"

남편의 얼굴이 흙빛이 되어가고 있었다.

"사준다고! 돈 준다고! 뭐가 그리 복잡해? 망가진 신발은 버리면 돼!"

말을 마친 남편은 성질대로 소리도 못 지르고 도망치듯 방으로 들어갔다.

한참이 지나서야 제정신이 들었다. 망가진 부츠가 현관에 덩그러니 혼자 있을 거라 생각하니 위로해주고 싶었다. 신발장 앞으로 간 나는 신발의 상처 부위를 어루만지며 또 한참을 울었다. 신발을 껴안고 대성통곡하는 나를 누가 봤으면 술주정하는 여자가 분명했다. 부츠는 물을 묻히면 안 된다고, 열을 가해도 안 된다고, 다른 가죽 신발과 성질이 다르다고 내가 몇 번을 얘기했는데 남편은 지금껏 다뤄왔던 다른 신발처럼 대한 것이다.

사람들의 성격은 제 각각이다. 좋고 싫음을 즉시 표현하는 사람이 있는가 하면 참을 때까지 참는 이도 있다. 서로 장단점이 있되, 누가 상처를 더 받고 덜 받는다고 평가할 수 없는 일이다. 그러나 나로 인해 상대가 상처를 받을 수 있다는 정도는 알아야 하지 않을까. 그 사람이 항상 웃는다고 기분이 좋아서도 아닐 터이다. 자신의 감정을 바로 표현하지 않는다고 생각이 없는 것도 아니다. 속내를 훤히 드러내 즉각 표현하는 것만을 인정하고 받아준다면 결국 성질 급하고 목소리 큰 사람만 이기는 세상이 될 것이다.

다음날 성질 급한 남편은 출근과 동시에 문자를 보내왔다.

'삼십만 원 통장에 넣었다. 대구 내려갈 때 반드시 새 신발 사 신고

친구 만나라.'

남편의 마음을 전혀 모르는 것은 아니다. 신발을 닦으면서 아내를 생각했을 그의 마음을 모른다면 거짓말이다. 어쩌면 남편은 그것을 알아줬으면 했을 텐데, 무뚝뚝한 아내는 아무 표현도 하지 않고 뚱한 표정으로 출근 때까지 일관했으니 섭섭한 마음이 들었을 것이다. 거기에 자신이 저지른 실수에 얼마나 자존심이 상했을까.

'반드시'라는 문구가 썩 마음에 들지 않았지만, 아내 통장에 돈을 넣어주고 뿌듯해할 남편이 떠올라 피식 웃음이 나온다.

"그래, 이번은 내가 참아준다."

양구 맨해튼을 아시나요

결혼하고 5년 만에 양구에도 화려한 불빛이 있다는 것을 알았다. 양구읍내가 한 눈에 들어오는 아파트 거실. 창밖을 내다보며 시골의 밤거리가 이토록 아름답다는 것에 놀랐다.

2010년 1월 25일 오전 8시. 이삿짐을 실을 때 진눈깨비가 날렸다. 양구는 눈이 한번 오면 신발이 푹푹 빠질 만큼 내린다. 행사가 있는 날에는 눈이 반갑지 않지만 그날은 폭설이 내린다 해도 즐거웠다. 드디어 시골에서 읍내로 이사하는 날이었다.

신혼 초 양구군 임당리에 살면서 시골살이가 얼마나 힘들다는 것을 알았다. 특히 시골의 길고 긴 밤이 때론 두려움으로까지 이어졌다. 오후 5시만 되어도 주위가 어둑해지면서 조용했다. 그곳은 최전방인데도 그 흔한 군용차 한 대 지나가지 않았다. 가끔 퇴근하는 차가 들어오면 내 식구가 아니어도 반가웠다. 임당리의 저녁 풍경은 한

결같이 적막했다. 마을이 어두워지면 가로등이 하나씩 켜졌다. 밤이 되면 밖에 나가지 않았다. 어두운 밤에 지나가는 사람은 귀신보다 더 무서웠다.

적막한 시골을 벗어나 읍내로 이사한다 생각하니 마음이 들떴다. 양구읍내와 임당리는 차로 20분쯤 걸리는 거리에 있지만 읍내는 다른 세상처럼 느껴졌다. 읍내에서도 중심가에 위치한 우리 아파트는 전망이 아주 좋았다. 아파트 창에서 바라보면 사계절을 한 눈에 느낄 수 있는 산이 보였다. 우리 집은 7층이었지만 산 중턱에 자리하고 있어서 산 아래에 있는 아파트의 14층 이상의 높이는 된다고 했다. 30평대의 넓은 거실에서는 목소리가 쩌렁쩌렁 울렸다.

남편은 출장 중이었다. 나 혼자 이삿짐을 정리했다. 살림살이가 별로 없을 것이라 생각했는데 그 좁은 집에서도 마술처럼 물건은 나오고 또 나왔다.

새집에 도착하고 오후 1시쯤 되어 눈은 그쳤다. 나의 행복한 짐정리가 시작되었다. 집이 넓으니 짐들을 어디에다 놓아도 눈에 거슬리지 않았다. 방과 거실이 넓었지만 힘든 줄 모르고 신나게 닦았다. 싱크대에 올라서서 찬장에 무거운 그릇을 정리하면서도 콧노래가 절로 나왔다. 내 생에 결혼식 다음으로 이토록 행복한 날이 있었을까? 방이 세 개였기에 서재도 만들고, 옷방도 만들 수 있었다. 화장실이 두 개 있는 아파트는 난생처음이었다. 힘든 청소를 하면서도 웃음이 자꾸만 터져나왔다. 아무래도 꿈만 같았다. 그런데 눈치 없이 눈물이 흘렀다. 눈물과 콧물을 닦아가며 6시간쯤 혼자 정신없이 청소만 했다.

갑자기 허기가 졌다. 이삿날에는 짜장면을 먹어야 한다고 들었다. 그런데 배달음식을 먹는다는 것이 도무지 실감나지 않았다. 먼저 살던 임당리에는 어떤 음식도 배달이 되지 않았다. 읍내에 산다는 것은 곧 문명의 혜택을 받을 수 있다는 것. 이제 나에게도 소소한 행복이 시작되고 있었다.

짜장면을 배달시키고 창밖으로 양구읍내를 내려다봤다. 저녁 7시가 넘었는데도 밖은 대낮처럼 환했다. 낮에 보았던 읍내의 모습과는 완전히 달랐다. 오히려 낮보다 활력이 넘쳤다. 추위에 움츠리고 걷는 사람들에게서조차 생기가 넘쳐났다. 먼 산 중턱에 반짝이는 가로등과 양구에서 야심차게 만들었다는 강변 다리에는 각양각색의 불빛이 화려함을 더 했다. 가게마다 네온사인이 번쩍이고 터미널 버스에는 군인들이 오르내렸다. 군부대 옆에서 살 때는 잘 보이지 않던 군인이 이곳에서는 눈을 두는 곳마다 나타났다. 그들의 분주한 움직임이 한눈에 다 보이는 것조차 신기했다. 거실 불을 꺼 두었는데도 전혀 어둠이 느껴지지 않았다. 빈집에 혼자 있다는 것도 잊었다. 한참 동안 시내를 내려다보던 나는, 대도시에 살 때도 느끼지 못했던 빛의 아름다움에 놀라 양구읍내 야경을 감탄하며 즐기고 있었다.

'양구읍내의 밤은 맨해튼의 밤보다 아름답다.' 나도 모르게 입안말로 중얼거렸다.

나는 미국에 가본 적이 없다. 그저 드라마나 영화에 자주 나오는 맨해튼 밤거리의 화려함에 반하곤 했다. 그곳은 누구나 인정할 화려함을 갖춘 도시였다. 하지만 나는 맨해튼이 더 이상 부럽지 않았다. 우리 집 거실 창으로 보이는 양구 밤거리의 작은 불빛과 네온만으로도 가슴이 벅차올랐다.

5년 전 임당리의 15평짜리 낡은 군인아파트에 살면서 이런 날이 꼭 올 것이라는 꿈을 꿨었다. 양구읍내에서 제일 좋은 아파트로 이사 가리라, 돈을 억척같이 모아서 5년 안에 이곳을 벗어나리라 다짐했었다. 인적이 드물고 문명과 단절된 마을에서 오래 살고 싶지는 않았다. 식비와 피복비를 줄였다. 겨울에는 난방비를 줄여보려고 옷을 껴입은 채 보일러를 외출로 돌려놓고 살았다. 남편은 혹한기훈련 중인 것 같다며 불평했지만 통장에 찍히는 금액을 볼 때면 그 정도 고생쯤이야 아무것도 아니었다. 통장이 두둑해질수록 내 꿈도 양구읍내의 불빛들처럼 빛날 준비를 하고 있었다. 그 후 5년이 지나 계획대로 꿈은 이루어졌다. 드디어 양구읍내 아파트로 이사한 것이다.

'양구의 맨해튼'을 바라보며 짜장면을 먹었다. 남산타워 레스토랑에서 먹는 스테이크가 이보다 맛있을까. 20년 전 엄마의 피땀으로 구입한, 진짜 우리 집으로 이사한 날 먹었던 짜장면이 떠올랐다. 단맛, 쓴맛을 경험한 뒤 내 집으로 이사하는 날에는 꼭 짜장면을 먹어야 한다는 엄마의 말씀은 역시 옳았다.

거실에 이불을 깔고 누워 통유리로 밖을 내다보았다. 쉬 잠이 올 것 같지 않았다. 불이 꺼지지 않는 양구읍내의 밤은 새벽 동이 틀 때까지 나를 설레게 했다. 눈을 감아도 떠도 맨해튼의 밤거리가 어른거렸다. 나는 시간 가는 줄 모르고 맨해튼의 밤거리를 하릴없이 서성이며 연신 콧노래를 부르고 있었다.

'둘만가족'으로 산다는 것

저녁 설거지를 마치고 라디오를 켠다. 남편은 방에서 기말고사 공부 중이다. 밤 10시가 되어야 귀가하던 남편이 오늘은 일찍 들어와 밥을 먹고 자기 방으로 들어갔다.

남편은 작년에 갑자기 대학에 편입했다. 그는 올해 4학년 졸업반이다. 힘든 대학공부를 왜 하려는지 반대하고 싶었지만 자신이 하고 싶은 일을 해야 만족하는 사람이었다. 자기 일을 해내면서 내가 하는 일에 반대하는 일이 줄어들었다. 사랑이 식었나 싶었지만 곧 익숙해졌다.

라디오 주파수를 음악방송에 고정시킨다. 옛 노래가 흘러나온다. 적막하다면 적막할 수 있는 시간, 아무 일도 일어나지 않은 평범한 저녁이다. 깊은 밤까지 이렇게 우리는 한 공간에서 말없이 각자 일을 한다. 서로의 사생활을 존중해주는 삶이 이렇듯 평안한 줄 몰랐다. 그런데 예상치 못했던 감정이 밀려왔다. 훗날 나 혼자 남아 그와 함께한 이 저녁 시간이 그리울 수도 있겠다는 생각이 들어서이다.

며칠 전, 지인의 생일에 초대받았다. 우리 부부 외, 두 부부가 더 있었다. 결혼해서 37년 동안 부인이 자신을 만나 고생을 많이 했다며 아내를 바라보는데 그의 표정이 진지했다. 나는 식사 중에 그 부부의 접시를 보며 웃음이 나왔다. 37년쯤 된 부부라면 권태기에 빠져 각자의 밥그릇이나 신경쓸 것이라 생각한 것이다. 그들은 상대방 접시에 음식을 갖다놓느라 바빴다. 입에 넣어주지 않은 것은 다행이었다. 밥을 먹는 내내 서로 '많이 먹어'라는 말만 되풀이했다.

20년 차 부부는 주인 내외의 모습을 보고, 대단하다며 부러워했다. 그들은 아이들이 있었기에 지금까지 결혼생활을 유지할 수 있었다고 했다.

주인아주머니가 조심스럽게 말을 꺼냈다.

"우리도 그랬던 시절이 있었어요. 하지만 자식이 있으니 참아야죠. 애들 출가시킨 뒤로는 서로 간섭 없이 각자 취미 생활하면서 보냈어요."

그러던 어느 날, 혼자 밥을 먹고 있는 자신을 보며 외로움이 몰려오더란다. 그때서야 상대의 소중함을 깨닫고 더 늦기 전에 함께 시간을 갖기로 마음을 바꾸었다는 것이다.

우리 부부는 아이가 없다. 그래서 사이가 더 각별하다고 생각한다. 겉으로 표현하지 않아도 남편의 표정은 가끔 불안해보인다. 자신이 먼저 죽으면 내가 외로울까봐 걱정이라고 했다. 결혼 초에 남편은 출근 후 집에 남겨진 내가 뭐하며 지내는지 매일 전화를 했다. 나는 그의 지나친 관심이 간섭같아 화를 냈다. 하지만 나도 그가 늦게 들어오는 날이면 불안해 못견디고 신경질적으로 잔소리를 퍼부어댔다. 아마도 결혼 후 5년 정도는 평생 할 싸움을 다 한 것 같다.

남편과 나는 서로에게만 지나치게 의존하는 것 같아 아이를 가져볼까 시도했으나 실패했다. 입양기관에 의뢰할까도 생각했지만 그건 아니었다. 아이를 매개로 서로의 의존도를 낮춘다는 것이 부부생활에 별다른 도움이 되지 않는다고 판단되어서였다. 이러한 사연을 모르는 친구들은 '둘만 사니까 마음 편하지?', '애들한테 돈 쓸 일 없으니 여유롭겠다' 등 어설픈 위로를 한다. 간혹 어른들한테는 '요즘 것들은 이기적이야'라고 핀잔을 듣기도 했다. 그때는 자식 없이 사는 것은 죄를 짓는 일인 줄 알았다. 자식을 낳은 사람에게 왜 자식을 낳았냐고 묻지 않으면서 자식 없는 사람에게는 왜 자식 없냐고 한마디씩 하는 이들의 속마음이 궁금했다.

형제들은 우리의 노년을 걱정한다. 자식 없는 노년이 불안하다는 것이다. 그럴 때마다 그냥 사는 거지 무슨 걱정이냐고 웃어넘겼지만 나도 남편 퇴직 후의 삶을 가끔 떠올리긴 한다. 우리 부부는 장례비용까지 생각한 노후자금도 문제이지만 둘이서 어떤 모습으로 늙어갈지를 두고 고민하곤 한다. 그래서 하고 싶은 일 중 나이 들어서도 재미있게 할 수 있는 일을 찾기로 했다.

자녀가 있는 부부에게는 쉽지 않겠지만 그렇지 않은 우리에게는 어떤 일을 해도 선택의 기회가 많다. 하고 싶은 것이 있으면 자유롭게 선택하고, 어려움이 있으면 상의하고 격려하며 도와주기로 혼인 서약서를 다시 작성했다. '아이를 낳기 위해서'가 아니라 사랑하는 사람과 행복하게 살기 위해 결혼한 것임을 잊고 싶지 않았다. 평소에는 개인적인 일상을 보내더라도 주말에는 둘만의 데이트를 즐기면서 시간을 보내기로 했다. 이제 주위의 시선은 우리 부부에게 더 이상 신경쓸 문제가 아니다.

자녀가 없는 우리는 서로에게 적정한 거리를 두는 것도 필요하다고 생각했다. 그래서 작은 감정 하나까지 조절하며, 서로를 배려하는 중이다.

공부에 열중하고 있는 남편의 뒷모습을 보니 지나온 결혼생활이 떠올랐다. 그동안 우리의 존재는 서로에게 무엇이었으며 우리의 관계는 어떤 의미를 가졌던 것일까. '둘만가족'이 되기로 마음먹은 뒤, 그는 그의 시간을 충실히 살았고 나는 나의 시간을 최대한 알뜰하게 보냈다. 나쁘지 않았다. 서로에게 무심하게 살아온 것은 아닌가, 잠시 되짚어보지만 우리는 틈틈이 서로를 위해 마음을 열어두고 있었다. 둘만가족으로 사는 우리만의 방식이었다.

북카페와 라이더

오늘은 결혼 17주년 기념일이다. 그동안 각자의 생활로 서로에게 소원한 적도 있었지만, 이날만큼은 기분을 내고 싶었다. 남편과 나는 맛있는 음식이 차려진 식탁을 마주하며 와인잔을 부딪쳤다. 우리의 미래를 위해 몇 번의 건배가 오갔다. 꿈이 이루어지려면 아직 멀었는데 상상했던 것들은 현실과의 거리를 좁히고 있었다. 평소보다 와인을 더 마신 탓인가, 우리 부부는 현실인지 꿈[夢]인지 구별할 생각도 없이 '꿈 같은 이야기' 속으로 빠져들었다.

남편의 퇴직을 5년 남겨두고 꿈이 이루어졌다. 집을 짓고 싶다고 생각은 했지만 그리 넉넉한 형편이 아니라서 많이 망설였다. 그래도 어느 정도 여유를 부릴 수 있었던 것은 결혼 초부터 꾸준히 적금을 부은 덕이다. 30만 원으로 시작한 적금은 3년 뒤 천만 원이 넘는 목돈이 되었다. 처음 만져본 천만 원권 수표를 보며 이루 말할 수 없는 감격에 가슴이 벅찼다. 종잣돈이 생기면서 욕심이 났다.

그때부터 생활비의 절반을 적금에 쏟아부었다. 억척스럽다는 소리를 들어가며 아껴 쓴 결과 지방에 작은 아파트 하나 마련할 수 있었다. 몇 년 뒤 이것을 팔아 대출받은 돈을 합쳐 서울에 40년 된 19평 아파트를 장만했다. 집을 좀 더 넓히려고 열심히 대출금을 갚아왔으나 서울의 집값은 무섭게 치솟아 우리가 생각해둔 집을 얻기에는 어려워보였다. 지금까지 모은 재산이라고 해봐야 이 집뿐이다. 남편의 퇴직금이 있다 해도 생활비를 생각하면 함부로 건드릴 수 없다. 사정이 이렇다 보니 넓은 집을 가지려면 서울을 벗어나야만 했다. 서울에 살기 위해 꿈을 포기한 채 대출 통장을 끌어안고 살고 싶지는 않았다. 지금까지도 빠듯하게 살아왔는데 이제부터는 원하는 대로 살아보고 싶었다. 우리의 꿈은 내가 직접 설계한 집을 짓고 북카페를 여는 것이었다. 그 옆에 작은 공간이나마 남편이 좋아하는 오토바이숍도 함께 꾸미고 싶었다.

평생 살 집을 찾는다는 것은 쉽지 않았다. 주인과 인연이 되는 집은 따로 있다고 들었는데 얼마를 살더라도 그동안은 우리와 궁합이 잘 맞아야 했다.

신중히 따져가며 몇 년을 찾아 헤맨 끝에 서울 외곽에 괜찮은 땅을 장만할 수 있었다. 외곽의 전원주택 단지지만 근처에 마트와 시장이 있고 산책삼아 걸어다니기에도 불편함이 없다. 서울과의 거리가 차로 1시간 남짓이라 필요할 때면 언제든 다녀올 수도 있다. 주택이 모여 있어도 높은 건물이 없어 시야가 시원하다. 우리는 그곳에 집을 지었다. 거실 전면 유리창을 통해 바라보는 병풍 같은 풍경은 매일 봐도 질리지 않는다.

울타리를 따라 만든 화단을 제외하고 앞마당에 자갈을 깔았다. 잔디를 깔면 자연의 정취를 느끼기에 그만이지만 잡초 정리가 자신 없었다. 처음 집을 설계할 때부터 고민했던 부분인데 자갈을 깔고 나니 그런대로 멋스러웠다. 1층 테라스에 차양을 치고 테이블을 놓았다. 카페 분위기가 훨씬 살아났다. 본채 옆에는 손님방으로 쓸 원룸이 딸린 별채 하나를 더 지었다. 뒷마당에는 텃밭을 일구고, 바비큐 시설을 갖추었다.

내가 꾸민 북카페 문을 열 때마다 행복하다. 커피를 내리고 책을 읽고 글 쓰는 작업 공간이 필요하다고 생각한 것은 등단하고 얼마 안 있어서였다. 이것은 점점 더 간절한 바람이 되었다. 북카페를 열고 나니 하루가 꿈같이 흘러갔다. 카페는 내가 원하는 방향으로 영업이 이어졌고 손님들도 내 취향을 존중했다. 문을 연다고 해서 언제든 손님을 들이는 곳이 아닌, 예약제로, 이왕이면 이 공간을 넓고 편하게 사용할 사람들을 찾았다. 가끔 세미나 일정을 체크하는 작가들, 독서토론회 회원들, 아이와 함께 독서시간을 갖는 어머니들의 방문은 언제나 반가웠다. 꿈을 갖고 살다보면 비슷하게라도 이루어진다고 하던데, 포기하지 않기를 잘했다.

가게 옆 별채 창고에 남편의 오토바이가 보인다. 남편은 오토바이를 사려고 몇 년을 별렀다. 나는 오토바이 라이딩을 반대했다. 오토바이 사고를 많이 봐와서였다. 하지만 그는 퇴직한 후부터는 아예 오토바이를 끼고 살았다. 내가 새로운 작업실을 가진 것처럼 그도 소원 하나가 이루어져 행복한 모양이었다. 차량정비가 전공인 그는, 자기 오토바이 수리 정도는 일도 아니었다. 지금은 간간이 남의 오토바이도 봐주고 있는데, 여성 라이더들의 문의가 많아 예약이 밀려 있다. 젊은 날에 퇴직하면 어떻게 사나 고민을 많이 하더니 수입을 떠나 자신이 하는 일에 만족하며 뿌듯해한다. 나는 그의 손님이 오면 내 카페로 초대한다. 커피를 내려주고 책을 보며 편안하게 쉬다가도록 자리를 내주기도 한다. 라이더들은 뜻하지 않은 작은 서비스에 감동한다. 잠시 머물더라도 기분 좋은 시간이길 바라는 마음이 닿은 듯해 나도 기쁘다.

나이 한 살씩 먹어가면서 욕심부리지 않는 소박한 삶이 나와 맞는다는 생각을 하게 된다. 둘이 함께할 수 있는 공간은 마련했으니 이제는 여유로운 마음으로 건강하게 살아가는 일만 남았다.

"그럼 돈은 누가 벌어오고? 아직은 신나게 더 일해야 할 나이 아니야?"

누구인지 모를 목소리에 정신이 번쩍 들었다. 꿈이었다.

남편과 나는 곧 이루어질 우리의 미래를 상상하며 열심히 달리는 중이다. 퇴직까지는 몇 년 더 기다려야 한다. 하루하루 그날을 위해 계획하고 준비하는 일이 전혀 힘들지 않다. 희망이 간절하니 꿈에서라도 이루어졌는가보다.

대화를 하던 남편이 우리 집 설계도를 식탁 위에 펼친다. 붉은 벽돌집에서 살고 싶어하는 그의 눈이 설계도를 보면서 빛났다. 그런데 전까지 비싼 벽돌집만 고집하던 남편은 고민에 빠진 눈치다. 골똘히 들여다보더니 어느 한쪽을 지우개로 열심히 지우고 다시 그린다. 나에게는 아직이라며 보여주지 않는다. 때 묻지 않은 아이 같다. 한참 뒤에는 혼자서 감탄사를 연발한다.

그는 벽돌집을 포기했을까, 아니면 더 근사한 벽돌집을 올리는 중일까. 오늘 따라 그의 손놀림이 분주하다. 설계도를 아직 보지 못했지만, 나는 그의 취향을 조금 알고 있다. 자기가 그린 설계도를 보면서 웃고 있는 남편, 나도 덩달아 따라 웃는다.

끝까지 간다

송이버섯으로 유명한 양양, 가을이면 송이를 맛보기 위해 많은 사람이 찾아온다. 남편과 나는 가을 풍경도 즐길 겸 송이축제에 참여해 보기로 했다. 동해 바닷길을 따라 시원하고 깨끗한 가을 공기를 마시며 기분좋게 양양에 도착했다.

축제장은 송이버섯과 관련된 행사가 진행 중이었다. 송이버섯 채취 체험부터 송이버섯을 경품으로 주는 게임 등 다양했다. 송이판매장은 많은 사람이 붐볐으나 우리는 가격을 보고 한걸음 뒤로 물러났다. 포장이 잘된 상품은 금액대가 우리 집 한 달 생활비와 맞먹었다. 예쁜 송이는 눈으로만 보고, 모양이 떨어져 가격이 저렴한 송이를 구입하기로 했다. 그런데도 가격은 만만찮았다. 고민이 되었다. 구입을 잠시 미루고 경품이 걸린 종목을 살펴보기로 했다. 내가 할 수 있는 게임이 눈에 띄지 않았다. 모두 포기하고 송이버섯전골이나 먹고 가기로 했다.

식사를 마치고, 축제장을 산책하던 중 한 행사장이 눈에 띄었다. '1년 후 받는 엽서' 코너였다. 우체국에서 진행하고 있었는데, 지금 엽서를 쓰면 1년 후에 받아볼 수 있다고 했다.

1년 후에도 나와 각별하게 지낼 사람은 누구일까 생각해봤다. 남편과 나는 행사장에서 주는 엽서를 받아 정성스럽게 한 자씩 적어갔다. 소중한 마음을 담아 두 번째 장을 써갈 때쯤 내 등 뒤 무대 위에서는 노래자랑이 한창이었다.

한 남성 출연자는 사랑하는 아내를 위해 송이버섯을 상품으로 받고 싶다면서 반드시 1등하겠다는 의지를 보였다. 남자의 목소리가 어찌나 크던지 축제장을 쩌렁쩌렁 울렸다. 엽서를 쓰면서 웃음이 났다. 송이버섯을 상품으로 받겠다고 노래자랑까지 나가다니 재미있는 남자였다. 하지만 그의 아내는 기분이 어떨까. 그냥 사먹든 할 것이지 굳이 무대 위에서 노래까지 부를 필요가 있을까 싶었다. 그 남자는 남진의 〈둥지〉를 불렀다. 트로트 가락이 맛깔나면서 구수하게 들려왔다. 하지만 가을 분위기와 어울릴 만한 발라드를 불러주었으면 엽서 쓰는 나의 감성과 잘 어울렸을 텐데 하는 아쉬움도 있었다. 아무래도 그의 노래는 요란스러웠다. 관객들이 많이 모였는지 환호성이 크게 들렸다. 남자의 노래는 앙코르까지 이어졌고, 무대를 압도했다. 사방이 시끄러워서 더는 엽서를 쓸 수 없었다. 어떤 퍼포먼스로 무대를 장악하는지 궁금해졌다. 서둘러 엽서를 부친 후 무대를 향해 돌아봤다. 나는 눈이 나쁜 탓에 무대 위의 남자가 잘 보이지 않았다. 어쩔 수 없이 관객들 틈을 비집고 들어가 자세히 쳐다봤다. 남자와 눈이 마주쳤다.

'아, 저 남자는!'

남편이 무대 위에서 남진 노래를 메들리로 부르면서 관객들에게 손을 흔들어주고 있었다. 마이크를 든 자세와 느끼하게 미소를 띠며 노래하는 모습이 영락없는 내 남편이었다. 분명 나와 축제장에서 산책하며 엽서를 고른 것 같은데, 언제 무대 위로 올라갔는지. 그는 나와 눈이 마주치자 윙크를 날렸다. 관객들이 모두 나를 돌아봤다. 옆에 있던 어르신들은 남편 인상 좋다며, 노래도 잘한다고 칭찬했으나 부끄러움은 전부 내 몫이었다.

그는 상품으로 받은 송이버섯을 내게 흔들어 보였다. 주위에서 부러운 시선으로 나를 바라보았다. 남편은 몇 곡 더 부르며 앙코르 무대를 장식했다. 그는 상품으로 받은 송이를 트로피 건네듯 자랑스럽게 내게 안겨주고는 뿌듯해했다. 나는 민망해서 자리를 피하고 싶었지만 송이버섯 하나에 행복해하고 기뻐하는 남편을 보니, 그럴 수도 없었다.

비싼 송이버섯을 못 사고 돌아서는 아내가 그의 눈에는 안쓰러웠나보다. 목소리와 덩치는 황소만하지만 낯선 사람들에게 나서는 것을 굉장히 쑥스러워하는 사람이다. 하지만 오늘은 사랑하는 아내를 위해 1등해서 버섯을 상품으로 받겠다고 당당히 말했다. 용기를 내어 무대에 올라 화려한 공연을 보여주었다.

남편은 한번 결심하면 끝장을 보는 성격이다. 우리가 결혼할 때도 그랬다. 내가 몇 번이나 만남을 거절하고, 엄마도 결혼을 반대했으나 그는 자신의 의지대로 밀고나갔다. 내가 있는 곳이라면 집이든 직장이든 매일같이 찾아오고, 나를 위해 직업까지 바꿔가면서 청혼을 하더니 결국 결혼에 성공했다. 자격증을 취득할 때나 대학 편입할 때도 목표를 세워 끝까지 한길만 따라갔다. 누가 시키지 않아도 자기가 만족할 때까지 끝까지 물고 놓지 않았다.

옆에서 지켜보면서 때론 무모하다는 생각이 들 때도 있었다. 지나친 의욕만 앞서서 주위 상황을 살피지 못하는 경우도 더러 있었기 때문이다. 자신의 기준으로 업무처리를 하다보니 동료들의 오해를 받고, 따돌림을 당하기도 했다. 당연히 상처도 받았다. 그래도 그는 당당했다. 결심한 일을 완벽히 해내는 것이야말로 자신을 떳떳하게 내세울 수 있는 것이라 여겼다. 자기가 계획한 일에는 반드시 고집이 있어야 한다는 것이 그의 철학이었다.

그는 노래자랑에서 열정을 쏟아 1등을 손에 넣었다. 말로는 사랑하는 아내에게 송이버섯을 먹이고 싶어서라고 했으나, 어쩌면 그에게는 그만의 승부욕이 작용한 것일 테다. 그가 나를 위해 노래를 했든 자신의 승부욕으로 도전을 했든 그것은 문제가 아니다. 무슨 일을 해도 결과를 위해 끝까지 가고야 마는 그가 나는 마냥 자랑스럽다.

우리 집

"우당탕, 탕, 탕!"

복도에서 요란한 소리가 났다. 급히 뛰어나갔다. 현관문이 통째로 떨어져 있고 남편은 그 밑에 깔려 있었다. 현관문 손잡이가 말썽이었는데 일이 터진 것이다. 서울 입성해서 우리 힘으로 산 첫 집이다. 살아보기도 전에 현관문이 떨어지다니 어이없었다. 이삿날은 다가오는데, 15년 전 그날이 생각나 기분이 찜찜했다.

직업군인인 남편은 결혼하자마자 최전방으로 발령이 났다. 결혼한 군인에게는 아파트를 임대해주었는데 우리도 40년쯤 된 아파트에 입주했다.

그곳 겨울은 영하 20도를 넘나들었다. 5월이 되어도 눈이 녹지 않아 마을은 얼음창고와도 같았다. 자동차 문이 얼어 열리지 않는 날이 허다했고 시동이 걸리지 않을 때도 많았다. 발코니는 냉장고로 사용

해도 좋을 정도였다.

어느 해. 기온이 영하 25도까지 떨어진 날이었다. 새벽에 출근한 남편에게서 전화가 왔다. 현관문이 열리지 않을 수도 있으니 놀라지 말라는 것이다. 나는 당장에 달려가서 문을 밀어봤다. 정말 꿈쩍도 하지 않았다. 그는 새벽에 문이 열리지 않아서 틈새를 겨우 녹이고 나갔다고 했다. 그새 다시 얼어버린 것이었다.

오전 10시쯤 현관 밖에서 남편의 목소리가 들렸다. 문을 밀었다 당겼다 하더니 바로 요란한 쇳소리가 났다. 뭔가 타는 냄새까지 나면서 속이 메스꺼웠다. 잠시 후 '덜컹'하고 문이 열렸다. 그런데 이건 열린 게 아니라 한쪽 경첩이 떨어져 삐딱하게 매달린 거였다. 튼튼했던 현관문이 시커멓게 그을려 있었다. 이사갈 때 현관문 교체하라면 어쩌려고, 남편은 용접기로 떨어진 문에 연신 불을 뿜어댔다. 문은 간신히 붙었지만 화재를 당한 것처럼 흉측했다. 그 뒤로는 빽빽해서 잘 닫히지도 않았고 틈새로 칼바람이 들어와 겨울 동안 현관문에 비닐을 치고 지냈다.

떨어진 문에 깔리면서 남편은 머리를 크게 부딪쳤나보다. 한 손으로 계속 뒤통수를 문질렀다. 그러면서도 실없이 웃었다. 나는 왜 그러냐고 물었다. 그는 그냥, 좋아서라고 했다.

"서울에 내 집이 있다니까 남들이 부러워해. 나 성공한 거 맞지?"

그 말에 나는 울컥했다.

우리가 서울에 집을 샀다는 것은 그 집이 넓든 좁든 지역이 어디든 서로에게 훈장 줄 일이다. 결혼하면서 여직 관사 아파트와 전셋집만 옮겨다녔다. 관사에 살 때는 통제가 많아 자유롭지 못했고, 전셋집 주인은 어느 날 불쑥 찾아와 이것저것 간섭했다. 우리는 집 없는 설움이 이런 것인가 하며 서로를 다독이며 살아야 했다. 내 집 마련까지 17년이 걸렸다. 이곳은 그동안 참아왔던 불편을 보상받을 수 있는 우리만의 공간이다. 그 누구도 침범할 수 없는, 우리만의 소중한 보금자리다.

투룸의 작은 아파트지만 워낙 낡아서 손볼 곳이 한두 군데가 아니었다. 남편은 시간이 걸리더라도 내 집이니까 자기 손으로 고치고 싶다고 했다. 주말마다 이사할 집으로 출근했다. 쉬는 날엔 꼼짝 안 하고 소파 위에서 살던 남자가 이 남자였나 싶었다. 온통 집수리하는 일에 시간을 반납하고도 콧노래 부른다. 놀이터에서 시간 가는 줄 모르고 오롯이 노는 데만 집중하는 아이가 돼버렸다. 그는 고장난 곳을 찾아 신나게 고쳐나갔다. 그러다 현관문을 건드렸고 급기야 문짝이 떨어진 것이다. 우리는 떨어진 문짝 앞에 쪼그리고 앉아서 고쳐서 사용할 것인지 새것으로 바꿔야 하는지를 두고 깊은 고민에 빠졌다.

나에게 현관문은 그 집의 첫인상이다. 다른 건 몰라도 현관문만은 새것으로 갈아끼우고 싶었다. 하지만 그는 달랐다. 아직 멀쩡하다면서 하는 데까지 해보겠다는 것이다. 내 집이니 제 손으로 마무리짓겠다는데 나는 불안했다. 하지만 그가 '내 집'이라고 말할 때마다 입꼬리가 올라가니 더는 말릴 수 없었다. 꿈에 부풀어 있는 아이의 바람을 꺾어버릴 수 없는 마음과도 같았다. 그나마 다행인 것은 그도 예전의 일을 기억하는지 용접은 하지 않을 거라며 걱정하는 나를 안심시켰다.

경첩과 연장을 들고 현관 밖으로 나가는 그의 발걸음이 의기양양하다. 행복의 순간은 자신이 좋아하는 일을 할 때라고 하던데 그는 누가 뭐라 해도 이 순간을 한껏 즐기는 사람이다. 오래되고 작지만 내 집이기에 가능한 행복. 요란한 기계음 사이로 흥얼거리는 그의 콧노래가 듣기 좋다.

나는 그의 마음을 잘 안다. 20년 넘도록 최전방에서 휴일도 휴가도 마음 편하게 써보지 못하고, 밤낮으로 일만 한 남자다. 이제라도 그 대가를 받아야 한다고 생각했다. 그의 기분을 망치고 싶지 않다. 잠시 내가 바라던 현관문은 잊기로 한다. 그가 됐다 할 때까지 잔소리는 삼갈 것이다. 올 겨울, 예전의 그날처럼 벌어진 현관문 틈으로 찬바람이 비집고 들어올지 모르지만, 그때처럼 비닐을 치고 겨울을 나야 할 수도 있겠지만, 뭐 어떤가. 그가 저리도 행복해하는데.

이번에는 전동드라이버 소리가 요란하다. 나는 두 귀를 꼭 틀어막는다.

사랑은 '보라돌이'를 타고

그의 차는 보라색 엑센트로 멀리서 보면 놀이동산 범퍼카 같았다. 차에는 각종 스티커를 붙였는데 아이들이나 좋아할 것같이 유치했다. 나는 그 차를 '보라돌이'라 불렀다. 그도 '보라돌이'란 이름을 좋아했다.

밤마다 특이한 자동차 엔진소리가 동네를 시끄럽게 했다. 그는 차를 거칠게 타고 와서 매번 같은 장소에 주차했다. 아파트 6층에 살던 나는 주차장을 내려다보고 있다가 익숙한 엔진소리가 가까워지면 창문을 닫아버렸다. 전화기도 멀리 던져놓고 딴짓을 했다. 5분 뒤, 어김없이 전화벨 소리가 울렸다. 세 번 정도는 거절해야 했다. '당신과 결혼할 생각이 없어요'라는 소극적인 나만의 거절법이었다. 그는 쉽게 포기하지 않았다. 최소한 두 시간은 그 자리에서 너끈히 기다렸다. 그때서야 못 이기는 척 그를 만나러나갔다.

그는 양구에서 직업군인으로 근무했는데 몇 개월 전에 그만두었고, 대학에 복학하여 자동차학과에 재학 중이라고 했다. 틈틈이 아르바이트로 용돈을 번다지만 어쨌든 백수였다. 나와 동갑인데도 어쩐지 촌스럽고 나이 들어보였다. 시골에서 오래 살아 그렇다지만 외모도 직업도 거기다 홀어머니에 장남이라는 것까지 어느 것 하나 마음에 들지 않았다. 나는 그와 달리 시대를 읽는 젊은이였으며 대구에서 알려진 입시학원에서 인정받는 주임강사였다.

처음부터 그는 나와 결혼을 전제로 만나길 원했다. 퇴근시간에 맞춰 몇 시간이 되었든 기다렸다가 작은 선물이라도 하나 쥐어주고 갔다. 새벽에 퇴근하는 날에는 도시락을 싸서 아예 학원 앞에서 기다렸다. 만나주지 않으면 다음날까지 집 앞을 서성이다가 돌아가곤 했다. 어느 날 그의 어머니가 학원 1층 데스크에 무언가를 맡기고 갔다. 놓고 간 라면박스 속에는 김밥과 식혜가 40인 분가량 포장되어 있었다. 결혼할 여자라고 어머니께 자랑했다더니 직접 그 많은 음식을 만들어오신 거였다. 나의 마음을 얻기 위한 그의 노력은 오랜 시간이 지나도 변함없었다.

만난 지 일 년쯤 지난 어느 늦은 밤, 술에 취한 그가 무턱대고 찾아와 말없이 내 눈만 빤히 쳐다보았다. 뭔가 결심을 했는지 비장한 표정을 짓다가 하라는 대로 다 할 테니 제발 결혼만 해달라는 것이다. 하지만 나는 그에게 이성의 감정이 전혀 느껴지지 않았다. 친구라면 몰라도 반려자로 평생을 함께하기에는 여러 가지로 아쉬운 점이 많은 남자였다. 나는 시댁의 환경도 중요했고, 경제적으로도 든든한 남편감이 필요했다. 그가 나를 포기할 방법을 찾아야 했다. 그러다가 다시 직업군인이 되면 생각해볼 수 있겠다고 말해주었다. 그 일이 싫어 그만둔 그에게 나의 제안은 무리였던지 잠시 난감한 표정을 짓다가 아무 대답 없이 돌아갔다.

3개월 뒤였다. 그는 부사관 시험에 합격했다. 직업군인으로 재입대하기 위해 훈련소로 가기 전날, 그가 나를 찾아왔다. 어떤 말도 하지 않고 그냥 눈물만 흘리는 그를 떠나보내고 나는 일에만 몰두하며 정신없이 바쁘게 생활했다.

밤 늦도록 수업을 하고 새벽에 퇴근하던 날이었다. 한겨울의 찬바람이 나의 피곤한 몸과 마음을 더욱 지치게 했다. 아파트 입구에 들어섰을 때 낯익은 보라색 엑센트가 눈에 띄었다. 생각해보니 그가 입대하고 며칠 뒤 도착한 소포를 까맣게 잊고 있었다. 그 속에는 차 키와 여러 번 접힌 쪽지 하나가 들어 있었다.

"당신 아파트 주차장에 '보라돌이'가 있어요. 늦게 퇴근하면 위험하니 그 차 타고 다녀요. 타기 싫으면 일주일에 한 번씩 시동이라도 걸어주세요."

차 문을 열고 운전석에 앉았다. 그와 둘이 찍은 사진들이 차 안을 가득 채우고 있었다. 조수석에는 내가 좋아하는 맥주가 놓여 있고, 내 덩치만큼 큰 키티 인형도 앉아 있었다. 가만히 인형을 끌어안았다.

나는 끈질긴 그의 사랑타령이 귀찮았다. 나에겐 결혼보다 나의 생활이 먼저였다. 학원 일이 많이 바빴고, 강의 준비할 시간도 턱없이 부족했다. 결혼할 마음도 없는데 생각이 다른 그와 보내는 시간은 내게 피곤한 일이었다. 그래서 서로 멀리 떨어져 있으면 그도 마음을 돌릴 것이라고 나름대로 머리를 썼던 것인데, 아무 소득도 없이 일만 그르친 것 같아 그에게 미안했다. 추운 겨울날 고된 훈련을 받고 있을 그를 생각하니 마음이 복잡해졌다.

훈련이 끝나갈 무렵 그에게서 편지가 왔다. 그는 훈련소에서 나이가 제일 많았다. 어린 군인들과 입대를 하니 훈련의 강도가 상대적으로 높게 느껴진다고 했다. 체력이 그들을 따라가지 못해 탈락할까봐 새벽에 일어나 운동장을 몇 바퀴씩 뛰었다고 했다. 힘들고 지칠 때면 우리의 만남을 생각하며, 나를 놓치지 않기 위해 정신력으로 버텨내는 중이라고도 했다. 며칠 뒤면 근무지가 발표되는데 왠지 다시 양구로 발령날 것 같은 불길한 예감이 든다며 걱정하고 있었다. 시골생활은 답답해서 싫지만 나와 인연이 된다면 그보다 더한 곳에 간다 해도 자신 있다며 나도 그렇게 이해하고 따라와주었으면 했다.

한 달 뒤 그는 좋은 성적으로 훈련을 마쳤다. 6개월 만에 만난 그가 이상하게도 남자로 보였다. 몰라보게 살이 빠졌고 군복이 제법 잘 어울렸다. 검게 탄 피부와 떡 벌어진 어깨를 보면서 처음으로 가슴이 설렜다. 믿음직스러웠다. 임관식에서 군복에 배지를 달아줄 때, 나는 그의 눈물을 다시 보았다.

불길한 예감은 빗겨가지 않는다. 그는 지겨워서 떠났던 양구로 다시 들어갔다. 우리는 주말마다 대구와 양구를 오가며 시작하는 연인들처럼 뒤늦은 데이트를 즐겼다.

대구에서 결혼식을 하고 나는 6개월 뒤 우리나라 최전방이라는 양구에서 신혼생활을 시작했다. 고된 훈련에 마음고생까지 했을 그를 위해 발령지가 어디든 당신과 함께하겠다는 답장을 보냈던 것은 잘한 일이었다.

엄마가 될 뻔했지

결혼하고 5년쯤 지났을 때였다. 나는 아이를 낳지 않겠다고 했다. 엄마는 그럴 거면 왜 결혼했냐며 역정을 냈다. 황당했다. 나는 아이를 낳으려고 결혼한 것이 아니라고 모난 말을 던져버렸다.

우리 부모님 세대는 나이가 차면 결혼을 하고, 결혼하면 자녀를 낳고, 자녀를 위해 교육에 힘쓰고 가족을 위해 몸 바쳐 일했다. 그들에게 결혼과 출산은 당연한 것, 선택이 아니었다. 나는 아무리 생각해봐도 그것이 당연하게 받아들여지지 않았다. 남편과 둘이서도 충분히 행복하다고 생각했다. 가족과 친구들은 아이를 낳으면 새로운 세계가 열릴 것처럼 기대감을 심어줬다. 자식은 두 사람 사이에 힘든 일이 생기면 버팀목이 될 것이라고 우리를 설득했다. 주위 사람들의 말에 아이에 관심없던 남편도 생각이 점점 바뀌었다. 몇 년을 버티다가 나도 내 발로 산부인과에 가게 되었다.

3년째 무월경이 지속되었다. 산부인과 담당의사가 대학병원 불임 클리닉에 가보라며 소견서를 써주었다. 검사 결과 '다낭성난소증후군'이었다. 자연임신은 힘든 질환으로, 우리나라 가임여성 중 약 5% 가량이 해당되었다. 남편도 활동정자 수가 부족했다. 의사는 둘 다 자연임신이 불가능하다는 결론을 내렸다. 평소 자식에 대해 깊이 생각하지 않았지만 가질 수 없다고 하니, 전에 없이 엄마가 되지 못하는 것에 대한 섭섭함과 아쉬운 감정이 밀려왔다.

남편은 더 간절히 자식을 원했다. 급기야 나에게 인공수정을 권했다. 불가능한 것이 아니었기에 미련을 남기지 말자는 생각은 나도 마찬가지였다. 시술을 결정하자 엄마 될 생각에 마음이 벅찼다. 양구에서 서울에 있는 병원까지 왕복 7시간이 걸렸지만 견딜 만했다. 그러나 한 달쯤 지나, 새벽에 혼자 출발해서 진료받고 밤이 되어 돌아올 때면 힘이 들어 후회가 밀려왔다. 일주일에 3일을 진료받고 주사약을 한 보따리 받아올 때면 사약을 받아오는 것같이 죽을 맛이었다. 아침에 눈을 뜨면 배에 주사기를 꽂았다. 남편은 그 모습을 보고도 덤덤하게 출근했다. 배란이 약한 나는 1회에 주사약 3번을 찔러야 했다. 주사를 놓으면서 내일은 어디를 찌를까 미리 점찍으며 몸을 떨었다.

한 달쯤 되니 병원에서는 백혈구 수치에 이상이 있다며 백혈병 검사를 하자고 했다. 12시간 동안 피를 뽑다보니 피가 부족했다. 여기저기 주사기를 꽂다가 나중에는 꽂을 곳이 없다며 발등에까지 꽂았다. 더 이상 혼자 감당하기에는 무섭고 겁이 났다. 6개월 동안 계속 된 검사와 배에 맞는 주사, 어떤 시술 행위도 모두 포기하고 싶었다. 병원비도 이미 카드한도를 초과했다. 초여름 문턱에서 시작된 엄마 되기 프로젝트는 겨울이 되어 끝났다.

인공수정 후, 한 달은 살얼음판이었다. 많이 걷거나 뛰어도 안 되고, 화장실에서 힘을 주어서도 안 된다. 몸부림을 쳐도 안 되고 몸에 어떤 힘을 가해도 안 되었다. 매일 아침저녁으로 착상이 잘 되도록 좌약처럼 생긴 약을 넣고 가만히 누워 있어야 했다. 누워 있는 긴 시간 동안 몸도 마음도 지쳐만 갔다.

한 달 뒤, 의사는 2차 시술을 계획하자고 했다. 실패한 거였다. 예상한 결과였다. 나는 모두 다 포기하고 싶었다. 6개월간 인공수정을 준비하면서 혼자 전전긍긍하며 몸이 힘든 만큼 정신도 함께 망가져 버렸다. 주위에 한 사람이라도 위안이 되어주길 바랐지만 아무도 없었다. 친정은 멀리에 있고, 남편은 바쁜 날이 많아 밤이 깊어야 퇴근했다. 하루 종일 혼자 있는 시간, 나의 외로움은 절망과 슬픔으로 깊어만 갔다.

엄마가 되기 위한 마음의 준비조차 하지 않고, 막연하게 시도한 인공수정은 나에게 상처만 안겨줬다. 힘들어도 혼자서 병원까지 먼 길을 다니는 내게, 위로 한 번 없던 가족들과 남의 일처럼 멀뚱했던 남편에 대한 원망만 커져갔다. 가슴에 서러움만 가득 찬 내가 엄마가 된다는 것이 무슨 의미가 있을까 혼란스러웠다. 엄마가 될 수 있다는 희망보다 혼자 고생만 하고 있다는 억울한 마음이 더 커갔다. 감정조절이 되지 않아 길을 가다가도 주저앉아 통곡했다. 약물 부작용으로 음식도 넘기지 못했다. 수다스러웠던 나는 말수가 급격히 줄어 나중에는 방에서 나오는 것도 두려웠다. 남편이 들어오는 시간이 되면 심장이 터질 듯 답답하고 머리가 아팠다. 그의 얼굴을 보면 눈물이 멈추지 않고 흘러내렸다. 상황을 지켜보던 그가 이제 그만하자고 했다. 지금껏 힘든 나의 마음을 이해하지 못해 미안하다며 그때서야 위로를 해주었다.

아직도 주위 사람들은 내가 엄마 되기를 포기하지 않는다. 의술이 많이 발전했다며 난임부부에게 정부의 지원도 있으니 인공시술받기를 권유한다. 그때마다 왜 부모가 되어야 하는지 나 스스로에게 물어본다. 답은 쉽지 않다. 아무런 마음의 준비도 없이 인공시술만 믿었다가 도리어 행복했던 가정이 흔들렸다.

가끔 어버이날이나 생일이 되면 내게 엄마라고 불러주는 자식이 없다는 것이 아쉽기는 하다. '무자식이 상팔자'라는 말도 더 이상 위로가 되지는 않는다. 그렇더라도, 어쩌겠는가. 억지로 되는 일은 없다고 했다. 이대로 남편과 함께 흔들리지 않는 가정을 유지하는 일도 내가 할 일인데.

제4부

무지개 그녀

400만 원의 이자

아버지는 간암 판정을 받고 4개월 만에 돌아가셨다. 갑작스런 아버지의 부재는 우리 식구의 생계를 위협했다. 큰언니만 결혼했고, 마흔다섯 살인 엄마에게 딸린 자식은 넷이었다. 둘째언니와 셋째언니는 직장을 다녔다. 넷째언니는 고2, 나는 중2였다. 언니들이 직장을 다녔으나 둘째언니는 결혼을 앞두었고, 셋째언니는 취업한 지 얼마 되지 않아 월급이 많지 않았다. 앞이 보이지 않았다.

엄마는 일주일을 앓아누우셨다. 며칠이 지났을까, 저녁에 우리들을 모두 불렀다.

"아빠가 짧은 시간 동안 사업을 아주 깨끗하게 정리했대이. 물건이며 가게까지 다 팔고 갔다. 그리고 이 통장은 우리 집 전 재산이다. 빚 없는 게 다행이다카이."

통장은 하나뿐이었다. 우리는 상속자가 된 듯 기분이 들떴다. 서로 눈치를 보며 조심스럽게 통장을 펼쳤다.

'동그라미가 몇 개야?' 잔액을 미처 확인하기도 전에 둘째언니가 통장을 채갔다.

"이게 전 재산이라고? 엄마 이게 뭐꼬? 거짓말하지 마래이."

언니는 금방이라도 울음을 터트릴 기세였다. 엄마한테 목이 찢어져라 소리를 질러댔다. '도대체 얼마길래' 나는 슬그머니 통장을 펼쳐봤다. 정말 믿기지 않았다.

엄마는 이를 꽉 깨물더니 말을 이어갔다.

"아빠가 달랑 사백만 원 남겨놨대이. 보험도 하나 없다. 니들 넷을 다 어쩌라고. 내한테 상의도 없이 혼자 다 처분했구마. 남들한테 빚진 건 다 정리해줬으면서 우리에겐 이 뭐꼬? 니들 아나? 코딱지만 한 이 집도 전세다."

우리는 이제 먹고사는 걱정을 해야 했다. 둘째언니는 결혼을 미루고, 셋째언니의 월급은 엄마 통장에 입금시키고, 용돈을 받아썼다. 하지만 무엇보다 당장 몇 달 뒤, 고3인 넷째언니의 대학 진학을 위해서 목돈이 필요했다. 엄마가 나서서 돈을 벌어야 했다. 엄마는 전쟁터에 나가는 장수처럼 비장한 모습으로 우리 앞에 섰다.

"잘 들어라. 엄마는 이제 돈 벌러나간대이. 가게를 해볼라카는데 빚을 내서 할 거라 망하면 안 된다. 빚 갚을 때까지 너거 못 봐주니까 알아서들 잘해라. 둘째는 퇴근하면 가끔 가게 와서 엄마 일 좀 도와주고 그래라."

몇 개월 뒤 엄마는 돈가스가게를 개업했다. 시장 근처에 10평 남짓한, 햇빛도 들지 않는, 건물 지하의 작은 가게였다. 돈가스가 전문이지만 저녁에는 술도 판매할 계획이었다. 엄마는 직접 돈가스와 수프를 만들었다. 당시에는 경양식이라는 음식이 시장 상인들에게 낯설었다. 하지만 엄마의 음식 솜씨가 좋아 손님들에게 인기가 있었다. 입소문은 빠르게 번져 손님이 늘어갔다. 엄마는 하루도 쉬지 않았고, 새벽 2시가 넘어 집으로 돌아왔다. 장사가 되지 않은 날이면 남은 수프와 돈가스를 가져와 다음날 아침밥상에 올렸다. 처음 장사를 시작했을 때는 매일 수프와 돈가스를 먹어야 했다. 엄마는 내 친구들을 불러 나눠주기도 했다. 그들은 맛있는 음식을 매일 먹어서 부럽다고 했지만, 나는 가게가 망할까봐 걱정되었다. 다행히 돈가스 가게는 점점 바빠졌고, 나도 고등학생이 되면서 늦게 귀가하는 날이 많아 엄마에게 신경쓸 여유가 없었다.

그날은 눈발이 수없이 날리던 날이었다. 새벽이 되도록 엄마가 들어오지 않았다. 손님이 많아 뒷정리가 늦어지는 줄로만 알았는데, 경찰서에서 연락이 왔다. 엄마를 모셔 가라는 전화였다. 언니와 나는 경찰서로 달려갔다. 무슨 일이 일어났는지 짐작할 수 없었다. 강도가 들었던 걸까, 술에 취한 아저씨들과 싸움이 난 것일까, 어디 다친 건 아닐까. 언니와 걱정을 한가득 안고 경찰서에 뛰어들어갔다. 엄마는 술에 취한 아저씨와 말다툼을 하고 있었다. 아저씨는 술에 취해서 엄마에게 멱살이 잡혀 있고, 경찰은 그런 엄마를 말리는 중이었다. 엄마의 목소리는 격앙되어 경찰서 안을 들었다놨다 했다. 경찰은 난처한 표정을 지으며 우리 보고 일단 엄마를 모시고 가라고 했다. 부끄러웠다. 어떻게 된 상황인지 묻고 싶지도 않았다. 엄마를 말려봤지만 힘이 장사였다. 경찰은 남자가 술이 깨면 연락하겠으니 그만 나가라고 짜증 섞인 목소리로 말했다. 가까스로 엄마를 데리고 경찰서를 나왔다.

"엄마, 무슨 일이고?"

언니는 엄마 눈치를 보면서 조심스럽게 물었다.

"그 놈이 술 먹고 뒷문으로 도망가는 걸 잡았다아이가. 저번에도 한 놈이 그래가 내가 경찰서에 잡아갔는데. 요새 도망가는 놈들이 많다. 경찰도 자꾸 불러 그런가 빨리 안 와서 내가 끌고 갔다아이가. 근데 술 취했으니 돈을 받을 수가 없다. 피 같은 돈인데. 이따가 다시 가봐야지."

술값을 받으려고 겁 없이 술 취한 남자를 붙잡아 직접 경찰서까지 데려갔다는 엄마 말에, 언니와 나는 놀라서 입을 다물 수가 없었다. 술값이 얼마나 되는지는 알 필요도 없었다. 물으나마나 엄마는 오로지 '피 같은 돈'만 생각했을 것이다. 당신의 안전은 전혀 생각하지 않았음이 분명했다. 한겨울에 슬리퍼 바람으로 앞치마도 그대로 한 채 도망가는 남자를 잡으러 달려간 것이다. 아빠 계실 때까지만 해도 매일 화장을 하고 예쁜 옷만 입었던, 동네에서 멋쟁이로 소문이 났던 엄마였다. 꽃꽂이를 좋아하고 독서가 취미였던 분이다.

눈은 여전히 펑펑 내리고 있었다. 발이 눈 속에 자꾸 빠져 걷기가 힘들었다. 발이 몹시 시렸다. 엄마도 우리도 슬리퍼를 신고 있었다. 정신없이 경찰서로 달려가느라 언니와 나는 뭘 신고 있었는지도 몰랐다. 우리는 서로의 슬리퍼를 내려다보며 깔깔대며 웃었다. 그러면서 누가 먼저랄 것도 없이 일순 웃음을 멈췄다.

엄마는 쓰러져가는 집을 살리려고 홀로 세상과 싸우고 계셨다. 죄스런 마음에 엄마의 얼굴을 차마 쳐다볼 수가 없었다. 그렇다고 눈물을 보일 수도 없었다. 눈물을 삼키면서 언니와 나는 엄마의 팔짱을 양쪽에서 끼고 발이 눈 속에 묻히도록 꾹꾹 밟으며 걸었다.

내가 대학 입학하는 날, 엄마는 가족들에게 깜짝 발표를 했다. 3년 동안 하던 돈가스 가게를 정리했고, 곧 이사도 간다는 소식이었다. 우리에게 선물하려고 혼자서 조용히 집을 샀다면서 이사하는 날을 알려줬다. 그리고 주소가 적힌 쪽지를 우리 손에 하나씩 쥐어주었다.

"우리 집, 한우맨션 가동 601호. 이따가 모여서 짜장면 먹자."

방이 3개인 아파트에서 산다는 기쁨보다는 이사를 더 이상 하지 않아도 되는, 진짜 우리 집이 생겼다는 것이 기뻤다. 아니, 실감나지 않았다. 내가 태어나고 집이 망했으니 20년 만에 얻은 집이다.

아빠가 남긴 통장 잔고는 이자가 붙어 결국 집 한 채로 돌아왔다. 400만 원에 붙어온 이자는 엄마의 고된 피땀이었다.

택시 좀 태워주세요

넷째언니와 나는 골목 모퉁이에 몸을 숨겼다. 이번에도 성공해야 한다. 택시가 서면 언니 셋이 먼저 탈 것이다. 우리는 그것을 지켜보고 있다가 재빠르게 그 택시에 올라타면 된다. 기사 아저씨가 냉큼 내리라고 소리질러도 무조건 버텨야 한다. 그래도 안 되면 제발 한번만 태워달라고 애원하며 매달리는 거다. 택시를 탈 때마다 기사 아저씨와 우리들의 실랑이는 좁혀든 적이 없었다.

예닐곱 살 때쯤의 일이었다. 설이 되면 엄마는 넷째언니와 나에게 색동저고리에 문양이 화려한 금박 찍힌 빨간 치마를 입혔다. 그 위에 하얀 털이 달린 조끼를 덧입히고 연두와 노랑이 섞인 큼지막한 복주머니도 달아주었다. 가지런히 땋은 머리에 댕기까지 대주면 설빔이 완성되었다. 언니와 내가 똑같은 한복을 입고 친척 집에 가면 어른들은 인형이 걸어다니는 것 같다고 하셨다. 세배를 받아봐야겠다며 절을 시키는 분들도 계셔서 복주머니가 금방 두둑해졌다. 한복 입는 설날은 내가 가장 예쁘기도 한 날이면서 용돈까지 받을 수 있는, 최고로 행복한 날이었다.

그런데 명절이 되면 부모님은 고민이 생겼다. 아침에 차례를 지내러 큰집으로 가야 하는데 우리 집에는 자가용이 없었다. 어린 우리를 데리고 큰집까지 걸어가기에는 힘들고 택시를 타기에는 돈이 아까운 애매한 거리였다. 더구나 우리 식구는 일곱 명이어서 택시를 타려면 두 대가 필요했다. 넷째언니와 나는 무조건 택시를 타야만 했다. 큰집까지 걸어가면서 예쁜 한복을 더럽힐 수는 없었다. 가는 길에 종합시장을 지나가야 하는데, 생선 비린내가 진동하고 썩은 과일, 채소 등이 짓눌려져 바닥이 엉망이었다. 그곳을 어떻게든 피해 가로질러 간다 해도 1시간은 걸리는데, 혹시나 한복 끝자락이 거기에 닿는다면 도착하자마자 옷을 갈아입어야 할지도 몰랐다. 그렇다고 한복을 큰집에서 갈아입기는 싫었다. 나는 엄마한테 택시 타고 가자고 졸랐고, 아빠는 마지못해 우리는 걸어갈 테니, 너희는 알아서 오라며 택시 한 대 값을 큰언니 손에 쥐어주었다.

설날 아침에 택시를 탄다는 것은 '하늘에 별 따기'였다. 거리는 다니는 사람도 차도 거의 없이 한적했다. 그나마 택시는 가끔 있었지만 빈 차는 찾기 힘들었다. 우리가 손을 아무리 흔들어도 본체만체했다. 언니들은 걸어가면서 계속 손을 흔들었고 택시는 무시하고 지나갔다. 다섯 명의 아이들을 태워줄 리 없었다. 이러다가는 큰집까지 걸어갈 판이었다. 더 지체하면 차례 시간도 지키지 못할 것 같았다.

그때 언니들이 제안했다. 둘, 셋 나눠 타자는 것이었다. 언니 셋이 먼저 택시를 잡고 타면 넷째언니와 내가 재빨리 이어서 타면 되었다. 눈속임을 해서라도 일단 택시를 잡아야겠다는 꼼수였다. 기사 아저씨가 인정이 많으면 봐줄 것이고, 안 되면 택시 안에서 떼라도 써보자 했다. 넷째언니와 나는 다른 언니들과 거리를 두고 모른 척하며 뒤따랐다. 얼마 걷지 않아 앞서가던 언니들이 택시를 잡았다. 우리는 택시를 향해 있는 힘껏 달렸다. 눈치를 챈 기사 아저씨는 그대로 쏜살같이 도망갔다. 다음 차를 기다렸지만 아저씨들은 차 안에 있어도 눈치가 빨랐다. 차를 세웠다가도 우리가 행동하려고 하면 금세 달아났다.

실패를 거듭하자 언니들이 작전을 바꿨다. 숨어 있다가 택시 문을 열면 나오라는 것이었다. 이번 작전은 성공했다. 그런데 택시에 올라타자마자 아저씨 얼굴이 일그러지면서 어린것들이 어른을 놀리느냐고 불같이 화를 냈다. 우리는 쫓겨날까봐 아저씨한테 사정을 말하고 매달렸다. 절대로 안 된다던 아저씨도 택시 안이 소란스러워지자 시끄럽다고 소리를 버럭 지르더니 번개같이 달려 큰집 대문 앞에 내려주었다.

다행히 차례 드리기 직전이었다. 나는 한복 치마를 활짝 펼쳐 다소곳이 절을 하고, 어른들의 칭찬을 받으며 세배를 드렸다. 신이 나서 엄마에게 택시를 타고 온 상황을 들려드렸다. 엄마는 그런 잔꾀를 쓰면 안 된다고 하면서도 무엇이 재밌는지 픽, 하고 웃으셨다. 대부분 기사님은 정원초과일 때 쉽게 태워주지 않는데, 그분은 마음이 좋은 분이었나보다고 하셨다.

그 후로 부모님은 명절에 큰집으로 갈 때나 가까운 곳으로 외출할 때 한 번씩 우리의 작전을 이용하셨다. 법을 어기는 것을 알면서도 우리 집은 그럴 수밖에 없는 형편이었다. 그 당시에는 그런 사정을 이해하고 눈감아주었던 택시기사들도 많았다. 우리 자매들은 이 일을 몇 번 반복하면서 점점 뻔뻔해졌다. 숨바꼭질하듯 숨어 있다가 천연덕스럽게 택시에 올라탔고, 목적지에 도착할 때까지 기사 아저씨의 잔소리를 들어도 아랑곳하지 않았다. 택시를 타면 그 정도 잔소리쯤 들어도 억울하지 않은 일이었다. 분명 나쁜 짓인데도 어떤 특혜를 입는 것만큼이나 행복했다.

무지개 그녀

한 달에 한 번씩 우리 집에 오는 그녀가 이번에는 굽이 높은 흰 색 구두를 신고 왔다. 열 살이었던 나는 그녀의 구두가 댓돌에 놓여 있으면 아무도 모르게 신고는 조심조심 걸어보곤 했다. 신발이 커서 균형을 잡지 못해 몸이 휘청했지만 재밌고 흥미로웠다. 그녀는 올 때마다 신발색이 달랐고 옷차림도 특별했다. 파란 스타킹을 신고 몸매가 드러나는 빨간 짧은 원피스를 입고 올 때도 있었다. 어린 내 눈에 세상에 둘도 없는 멋쟁이였다.

그녀는 우리에게 반가운 손님이었다. 항상 양손 가득 선물을 들고 왔다. 수입 전기밥솥을 가져올 때도 있고, 유명 브랜드 옷과 가방을 가져오기도 했다. 가족들은 그녀가 가져온 물건들에 시선을 떼지 못했다. 모두 신기한 것들이고 우리 집에 꼭 필요한 것들이었다. 그런데 엄마는 그것들을 거의 사용하지 않았다. 보관이 가능한 것들은 잘 정리해서 벽장 속에 차곡차곡 모았다. 나는 가끔 벽장 속에 들어가

쌓인 물건들을 보는 걸 좋아했다. 모으기만 할 걸 왜 선물로 받는지 이해할 수 없었다. 우리 집에는 전기밥솥이 없어 전기밥솥의 밥맛을 모르지만, 분홍색 수입 전기밥솥의 밥맛은 어떨까 상상만 해도 군침이 돌았다.

그녀가 오는 날은 밥상에 특별식이 올라왔다. 평소에 먹어보기 힘든 고기와 생선은 물론 잡채와 전까지. 아버지 생신 때나 먹어볼 수 있는 음식을 그녀가 오면 맛볼 수 있었다. 엄마는 그녀 옆에 앉아 음식을 접시에 덜어주면서 맛보라고 권했다. 혹시나 언니들과 내가 모두 먹을까 눈치를 주면서 그녀의 접시에만 음식을 채워주었다. 엄마에게 서운한 마음이 들기도 했으나 그녀 덕에 맛있는 음식을 먹어보는 것만으로도 즐거운 일이었다. 그런데 그녀는 다음부터 이렇게까지 음식을 하지 말라면서 억지로 먹고 싶지 않다고 말했다. 그 말을 들은 나는 심장이 덜컹 내려앉았다. 굳이 그런 말을 할 필요가 있을까. 앞으로 엄마가 밥상에 신경쓰지 않을까봐 걱정이 되었다. 하지만 그 뒤로도 그녀가 오는 날에는 변함없이 밥상은 푸짐하게 차려졌다.

그녀가 돌아갈 때는 언제나 우리에게 용돈을 챙겨주었다. 넷째언니는 5천 원, 나는 3천 원이었다. 한 달에 한 번씩 그녀가 오는 날을 언제고 설레며 기다렸다.

몇 년 뒤 우리 집 벽장을 가득 채웠던 물건들이 모두 정리되었다. 탐나던 전기밥솥이며 이불, 그릇, 냄비 등 모두 그녀가 도로 가지고 갔다. 엄마가 그녀의 혼수로 모두 싸보낸 것이다. 엄마는 미리부터 그녀의 결혼을 염두에 두고 모아두신 것 같았다. 결혼 후 그녀는 부산에 살았는데, 우리 집에 오는 일이 뜸해졌다. 오더라도 신기한 선물을 사온다거나 전처럼 용돈을 주고 가지 않았다. 하지만 아기를 데리고 우리 집에 올 때면 가족들은 근사한 선물을 받는 것보다 들뜬 마음으로 그들을 기다렸다. 아기 선물을 사고, 음식은 예전보다 더 많이 준비했으며 그들이 돌아갈 때는 차비까지 쥐어보냈다. 얼굴을 자주 보지 못해 그녀가 그리울 때도 있었다. 그래서 만날 때마다 반가웠고, 소식이 없으면 그녀의 안부가 궁금했다.

몇 년 뒤 뜬금없이 그녀는 부산 살림을 정리하고 대구로 이사를 왔다. 갑작스런 그녀의 대구행에 가족들은 걱정이 앞섰다. 거처조차 마련하지 않고 올라와 우리 집에서 함께 지낸다고 하니 황당했다. 그들이 두 달 정도 머무는 동안 장사 준비를 해서 치킨가게를 열었다. 그녀의 화려하고 근사했던 젊은 시절을 생각하면 전혀 어울리지 않는 사업이었다. 오히려 외모나 성향으로 봐서는 패션사업이 어울렸는데, 가족들의 걱정은 아랑곳하지 않고 단호한 성격답게 과감히 가게 문을 열었다. 개업하고 단 하루도 가게 문을 닫는 날이 없었다. 1년에 딱 두 번 명절에만 쉬었다. 하지만 쉬다가도 전화 주문이 들어오면 바로 가게로 달려갔다. 그렇게 쉬는 날도 없이 10년이 넘도록 한 자리에서 꿋꿋이 장사를 하다보니 고객들의 만족도는 물론, 본사에서도 인정을 받아 전국 1위 우수매장으로 선정이 되었다. 그녀의 가게는 주위 상인들의 부러움을 받는 친절한 맛집으로 승승장구했다.

노력의 열매는 달았다. 가게 안에 달린 작은 방으로 시작한 집은, 고단한 노력 끝에 드디어 2층짜리 단독주택을 마련하기에 이르렀다. 그녀의 가족뿐만 아니라 우리에게도 감동적인 일이었다. 이제는 아들도 성인이 되었고, 그녀는 자신의 생활을 즐기고자 했다. 가게를 정리하고, 전문직업과 관련된 공부를 하겠다며 대학에 입학했다. 하지만 행복은 잠시 머물다 이내 사라지는 물거품이었다.

자신의 인생을 제대로 살고 싶다는 소망이 그녀에겐 사치였을까. 어느 날 우리 가족에게 청천벽력 같은 소식이 전해졌다. 그녀는 뼈가 조금씩 부서지는 골수암 진단을 받았다. 등뼈부터 부서지기 시작했는데 움직일 때마다 조금씩 금이 가서 지금은 움직일 수조차 없게 되었다. 내가 병실에 갔을 때는 씩씩했던 그녀 모습이 어디에도 없었다. 믿기지 않았다. 며칠 전에 함께 여행 갔을 때만 해도 잠깐의 여유 속에서 찾은 소박한 행복에 감사하던 그녀였다. 침상에서 일어난 그녀는 나를 보자마자 울기 시작했다. 나는 울지 않기로 다짐했는데 어느 순간 모든 걸 놓쳐버린 채 함께 끌어안고 울음을 쏟았다. 그녀는 '억울하다'는 말만 했다. 나도 그녀의 현실이 억울했다. 젊어서 고생은 사서도 한다는 말은 순 '뻥'이었다. 젊어서 뼈 빠지게 고생하더니 나이 들어 뼈가 부서지는 병을 얻은 것이다. 의사의 말이 이 암은 수술도 할 수 없고, 완치될 수 없어서 평생을 조심히 살아야 한다고 했다. 최대한 움직이지 말고, 항암주사도 꾸준히 맞아야 한단다.

그녀는 딸만 다섯인 우리 집 맏딸이다. 스무 살이 되자마자 직장생활을 하면서 월급날이 되면 두 손 무겁게 집으로 찾아왔다. 멋진 옷을 입고 당당하게 현관문을 들어서는 언니 모습을 보며 나도 그렇게 되고 싶었다. 언니는 자주 가족들을 행복하게 해주었다. 비 온 뒤 행운처럼 만나는 무지개와도 같았다.

언니의 항암치료는 수년째 계속되고 있다. 힘든 상황 속에서도 꿋꿋하게 견뎌내는 중이다. 당당하고 강인한 성격이니 부서지는 뼈인들 이겨내지 못할까. 툴툴 털고 일어나 멋진 인생길로 달려갈 그녀를 상상한다. 언제나 밝고 환한 언니의 얼굴에서 세상을 향한 희망을 본다.

가족이니까요

엄마의 칠순을 앞두고 가족회의를 했다. 잔치를 할 것인가, 두둑한 현금보따리를 준비할 것인가에 대해 네 자매가 논의를 했다. 엄마는 무턱대고 우리 집 여자들끼리 해외여행을 가자고 결정을 내렸다. 매우 당황스러웠다. 계획에 없던 일이었기 때문이었다.

엄마와 해외여행을 간다는 것은 몹시 긴장되는 일이다. 엄마를 맞추는 일이 여간 아니기 때문이다.

엄마의 건강을 배려해 비행시간이 짧은 대만으로 여행지를 잡았다. 인천공항에서 만나 순조롭게 수속을 밟고 출발하려는 순간, 큰언니가 비행기 티켓을 분실했다. 다시 발급받아 가까스로 비행기에 올랐다. 비행기를 타자마자 나는 엄마 옆에 앉아 엄마의 보호자가 되었다. 언니들은 수다를 떨기 시작했다. 입맛이 보통 까다롭지 않은 엄마가 기내식을 맛있게 드시니 이번 여행은 무난하게 진행될 것 같았다.

하루 일정을 마치고 호텔에 도착했다. 큰언니와 둘째언니가 같은 방을 쓰고, 나와 셋째언니가 엄마와 같은 방을 쓰기로 했다.

침대에 눕자 하루 종일 어깨 위에 올려놓았던 곰 한 마리를 내려놓은 기분이었다. 깜빡 잠이 들었다. 30분쯤 지났을까, 주위가 어수선하고 소란스러워 눈을 떴다. 엄마와 셋째언니가 싸우는 소리였다.

"효진아, 너 잘 일어났다. 야 말하는 꼴 좀 봐라."

언니도 지지 않고 한마디 했다.

"엄마는 사람 속 뒤집는데 선수야. 니 알재? 우기기 선수라고."

엄마는 내가 간이침대에서 새우잠을 자는 모습이 안쓰러워 언니한테 자리를 바꾸라고 한 것이었다. 언니는 그 말이 섭섭해서 거절했단다. 내가 일어나길 기다렸다는 듯이 두 사람은 나를 싸움에 끌어들였다. 나는 여행 첫 날부터 뭐하는 거냐며, 계속 싸우려면 집에 가자고 했다. 속을 다스리며 조용히 짐싸는 시늉을 했다. 잠잠해지는가 싶더니, 서로 눈치를 보다가 잠이 들었다.

날이 밝았다. 어제의 소동은 소나기였던지 가족들은 호텔 조식 앞에서 감탄하면서 맛있게 먹었다. 식사 후 대만국립고궁박물관으로 이동했다. 박물관 견학은 3시간 정도 소요되었다. 가이드의 설명은 헤드셋을 타고 지루하게 계속되었다. 우리는 점점 뒤처지기 시작했다. 그런데 갑자기 가이드 목소리가 다급하게 들렸다. "어머니, 가족들 다 어디 갔어요?" 우리는 다같이 "엄마!" 하고 뛰어갔다. 가이드는 딸들이 엄마만 두고 자기들끼리 다닐 수 있냐고 눈썹을 치켜떴다. 그 뒤로도 엄마는 우리와 다니지 않고 가이드만 따라다녀 우리를 곤혹스럽게 했다. 큰언니는 대만 음식은 향신료가 독하다며 끼니를 계속 걸렀다. 셋째언니는 엄마와 싸운 뒤로 데면데면했다. 다들 개인행동을 하는 통에 나는 우리 가족 전담 가이드가 되었다. 가이드가 모이는 장소를 말하면 나는 가족들에게 다시 전달하고 시간이 되면 흩어져 있는 가족을 찾으러 다녀야 했다.

저녁이 되자 언니들이 맥주를 마시자고 했다. 관광에 피곤했을 텐데 의외로 다들 기분이 좋아보였다. 왕복 30분 거리에 있는 편의점으로 가는 길에 처음으로 '여기가 외국이구나' 하는 생각이 들어서 쓴웃음이 났다. 노점상에 진열된 물건들을 구경하며, 잠시 여행자의 자유로움을 만끽하다가 행복한 마음으로 호텔로 돌아왔다.

엘리베이터 문이 열리기도 전에 어디선가 싸우는 소리가 들렸다. 역시 우리 방이었다. 벨을 누르긴 했지만 들어가기가 무서웠다. 둘째언니는 울고불고 난리였다. 엄마는 얼굴이 벌겋게 달아올라 연신 소리를 지르고 있었다. 엄마가 호텔 방문을 열지 못하니까 언니가 그것도 모르냐고 핀잔을 준 것이 싸움의 발단이었다. 엄마는 자식에게 무시당했다는 생각에 화가 치민 것이다. 엄마의 목소리는 점점 커갔다. 엄마의 70년 인생 중 여자들만의 최초 가족 여행이 이렇게 망가진다는 것에 안타까웠다. 위태로웠던 싸움은 다행히 더는 커지지 않았다. 다섯 명의 여자들은 여행 기념으로 마시려던 맥주를 화해의 술로 이름을 지어 시원하게 들이켰다.

다음날 아침 햇살이 화창했다. 어제의 소동도 역시 소나기였다. 조식 먹으러 모인 식당에서 언니들은 수다를 한 보따리씩 풀어냈다. 호텔을 전세냈는지 왁자한 웃음이 끊이지 않았다.

가족은 이런 이것이구나. 나는 여행지에서 행복한 가족을 바라보는 옆자리 손님이 되어 흘끔거리며 쳐다보았다. 둘째언니는 샌드위치를 만들어 엄마 손에 쥐어주고, 셋째언니는 음식을 잔뜩 담아와서 엄마 접시에 덜어주고, 첫째언니는 그들 사이에서 끊임없는 수다를 떨어 배꼽을 잡게 했다. 나는 사진을 찍다가 갑자기 가슴이 뭉클했다. 우리가 백 살까지 산다고 해도 우리에게 이런 순간이 몇 번이나 올까. 엄마에겐 이런 기회가 더 적을 수밖에 없다.

시간이 조금 더 천천히 갔으면 좋겠다. 나도 그녀들 사이에 끼어서 미운 정 고운 정을 섞어가며, 진심이 가득한 가족애를 느끼며 살아보고 싶다. 멀리 산다는 이유로 가족들이 내게 소원했던 것같아 섭섭해 했다. 하지만 그건 오해였다. 오히려 고향을 떠나온 세월만큼 내가 가족의 정을 잊고 있었다. 오히려 내가 다가가야 할 일이었다.

인천공항에 도착했을 때 엄마는 언제 또 여행가냐고 물었다. 우리는 서로를 바라보며 그냥 웃기만 했다.

집에 도착한 큰언니한테서 문자 메시지가 왔다. 대구행 기차 안에서 둘째언니와 셋째언니가 서로 간식을 먹겠다고 싸웠다는 내용이었다. 뒤이어 언니들의 카톡이 내 방을 두드렸다.

"즐거웠다. 우리 때문에 고생한 거 다 안다."

가슴 한 쪽이 또 다시 뭉클했다.

올해 다음 여행 계획을 잡았다. 당연히 엄마와 우리 네 자매의 여행이다. 이번에는 어떤 여행이 될지 벌써부터 머리가 복잡해진다.

아빠와 닭곱창

친정집 근처 시장 어귀에는 오래된 닭곱창집이 있다. 식당 앞을 지나다보면 시커먼 연탄불 위 낡은 프라이팬에서 매콤한 양념의 닭곱창이 불타고 있었다. 연탄불 향이 어울려 뿜어내는 냄새는 언제나 내 발목을 잡아끌곤 했다. 친정집 갈 때마다 그 냄새는 나를 따라다녔다.

나는 초등학교에 입학하면서 시력이 매우 좋지 않다는 것을 알았다. 입학식을 마치고 교실로 가자 선생님은 키대로 자리를 배치해주었다. 키가 제일 컸던 나는 맨 뒷자리였다. 그런데 칠판 글씨가 하나도 보이지 않았다. 선생님은 맨 앞자리로 자리를 바꾸어주셨고, 앉은키가 컸음에도 그 자리에 앉아야 하는 상황이 어린 마음에도 부끄러웠다. 또 아이들이 '눈병신'이라고 놀려서 더 견디기 힘들었다. 어두운 곳에서 책 읽는 습관이 눈을 나쁘게 한 것 같았지만 그때는 낳아준 부모님이 원망스러웠다. 그래서 자리 배치받은 이야기를 부모님께 말씀드렸다.

엄마는 우리 형편에 당장 안경을 맞춰줄 수 없으니 조금만 기다려 보라고 했다. 나는 안경을 해야만 학교에 갈 수 있다고 매일 엄마를 졸라댔다. 내가 학교에 입학했을 때는 네 명의 언니들이 학교 다니는 중이라 가정형편이 넉넉지 못했다. 학용품 하나도 허투루 쓸 수 없었다. 안경을 맞춘다는 것은 우리 집으로선 대단한 일이었다. 하지만 나에게 중요한 것은 시력이 너무나도 좋지 않다는 사실이었다. 한동안 울면서 학교에 다녔다.

몇 달 뒤, 의기소침하여 하교하던 중이었다. 아빠가 학교 담벼락에 오토바이를 세워놓고 서 있었다. 안경을 해달라고 조르기에 좋은 순간이었다. 그런데 말을 꺼내기도 전에 아빠는 '가자' 하더니 나를 태우고 시장 한 모퉁이에 있는 허름한 식당에 데려갔다. 그러고는 소주 한 병과 닭곱창 한 접시를 주문하셨다. 약간의 닭 비린내가 나고 흐물흐물하게 생긴 곱창은 젓가락을 들기에 거북했다. 젓가락을 들고 주춤하는 나를 보던 아빠는 보란 듯이 국수처럼 생긴 긴 내장을 후루룩 소리를 내며 입에 넣더니 몇 번 씹지도 않고 삼켰다. 뒤이어 소주 한 잔을 단숨에 들이켰다. 그 모습에 나도 호기심이 발동해 맛을 봤다.

첫 느낌은 고무줄 씹는 감촉이었지만 부드러웠고, 닭곱창 특유의 고소함이 은근하게 올라왔다. 불향을 입은 매콤한 곱창의 맛은 씹을수록 식욕을 끌어당겼다. 나의 젓가락질이 빨라지자 아빠는 미소를 지었다. 어렵고 무섭기만 했던 아빠가 웃어주니 칭찬받을 일을 한 것처럼 마음이 으쓱했다. 아빠는 말없이 소주 반 병만 마시고, 접시가 비워지자 자리에서 일어났다. 맛있는 닭곱창 한 접시에 안경을 해달라고 조르겠다는 마음이 하얗게 사라져버렸다.

몇 달 뒤, 아빠는 학교 앞에서 또 나를 기다렸다. 아빠를 보자마자 닭곱창이 떠올랐다. 오늘도 먹을 수 있겠구나 하는 생각에 마음이 들떴다. 그런데 아빠는 안경점으로 가서 안경을 맞추었다. 그렇게 바라던 안경을 했는데 행복하지 않았다. 아빠가 안경점 아저씨와 흥정을 했던 것이다. 3만 원 달라는 주인과 깎아달라는 아빠의 표정을 보다가 부끄러워 밖으로 뛰쳐나왔다. 잠시 후 아빠는 덤덤한 표정으로 '가자' 하시며 내 손을 잡았다.

집 근처에 도착했다. 아빠는 엄마와 상의하지 않은 모양이었다. 일주일쯤 뒤에 안경이 도착하는데 그때까지 엄마한테는 말하지 말라고 당부하셨다. 넉넉지 않은 형편에 나까지 짐이 된 것 같아 죄송스러웠다.

집으로 가는 길에 닭곱창 냄새가 풍겨왔다. 아빠는 나를 힐끔 보더니 식당으로 들어갔다. 나도 종종 따라 들어갔다. 아빠는 닭곱창 한 접시와 소주 한 병을 시키셨다. 갖고 싶었던 안경도 하고, 맛있는 닭곱창을 먹다니 운수가 좋은 날이었다. 아빠는 말없이 소주 한두 잔만 마시고 안주는 쳐다보지도 않았다. 닭곱창은 모두 내 차지였다. 접시에 코를 박고 먹는 내게 아빠는 먼저처럼 환하게 웃어주었다. 닭곱창 맛에 빠져 안경점에서 부끄러웠던 아빠의 모습을 하얗게 잊었다. 나도 아빠를 향해 방긋 웃었다.

아빠는 가족에게 엄격한 분이었다. 가족 내 서열을 중요시했고, 규율을 반드시 지키도록 했다. 가족일수록 기본적인 예의와 범절을 갖춰야 하고, 이것은 가족 행복의 시작이며 가족이 많을수록 지켜야 한다고 강조하셨다. 아빠에게는 어려운 형편이더라도 가족화합이 잘 되면 힘든 상황도 잘 헤쳐나갈 수 있다는 신념이 있었다. 가족 전체가 뜻에 따르기를 바라셨고, 어긋나는 모습을 보이면 바로잡기 위해 엄하게 혼을 내셨다.

아빠는 외할머니까지 모시고, 여덟 식구를 혼자서 먹여 살렸다. 친구한테선 보증이 잘못되어 첫 번째 집을 잃었다. 그 뒤로 집안 형편이 기울어졌다. 다시 사업을 시작했지만 동업자의 빚으로 두 번째 집마저 잃게 되었다. 그 후 우리는 방이 두 개뿐인 전셋집에 살았고, 여덟 명의 가족이 살기에는 많이 좁았다. 여름에는 마당에 모기장을 치고 자고, 겨울이면 부모님은 가게 쪽방에서 생활했다. 생활이 어려워 가족에게는 인색했지만 동네 사람들은 아빠를 정직하고 성실한 분이라고 칭찬을 아끼지 않았다. 모두들 아빠를 좋아했고, 좁은 우리 집은 동네 사람들로 늘 붐비는 잔칫집 같았다.

얼마 전 친정집 가는 길에 닭곱창집에 들렀다. 매콤한 연탄불 향을 풍기는 그것은 아빠에 대한 추억을 소환하기에 충분했다. 소주 한 병과 닭곱창 한 접시를 시켰다. 소주 한 잔을 따르니 어린 막내딸을 앞에 앉혀놓고 술 한 잔 드셔야 했던 그 마음이 애잔하게 다가왔다. 그때 아버지의 나이가 딱 지금의 내 나이쯤이었다. 마음이 아팠다. 아빠의 실수로 집이 망했을 때 여덟 명의 식구들을 먹여 살려야 한다는 부담감이 얼마나 컸을지, 그래서 우리에게 독하고 무섭게 훈육할 수밖에 없었던 그 마음이 느껴졌다. 가난하지만 인간의 기본적인 도리는 갖추고 살아야 한다는 아빠의 깊은 뜻이 이제야 이해되었다. 함께 소주 한 잔 마실 수 없어 못내 아쉽지만, 아빠가 생각나는 날에 찾을 수 있는 집이 있어 다행이다. 닭곱창집이 오랫동안 이곳에서 자리를 지켜줬으면 좋겠다.

회춘한 '오케이맨'

한 중년 남성이 셀카를 찍고 있다. 일행들과 멀리 떨어진 곳에서 혼자 얼짱 각도를 맞추느라 핸드폰을 이리저리 돌리고 있다. 그 모습이 너무나 어설퍼서 보는 이가 더 안쓰럽다. '찍어드릴까요?'라고 말을 걸고 싶지만 그분이 민망해할 것 같아, 무엇보다 즐기는 표정인 듯해 방해하지 말아야겠다는 생각이 들었다.

50대 중반으로 보이는 그는 머리숱이 많고 눈썹은 갈매기 형으로 그 색이 짙다. 배도 나오지 않고, 스키니 핏의 일자형 청바지도 잘 어울린다. 셀카를 즐기는 중년 남성은 보기 드문데, 이분은 자신의 외모가 마음에 드는 모양이다.

그에게 슬쩍 다가가 뭐가 그리 좋은지 물어봤다. 내가 다 알면서 떠본다고 생각한 걸까, 그냥 웃음으로 답하고 슬그머니 자리를 피했다. 나는 그의 마음을 조금은 알 것 같았다. 그는 30년 세월을 함께한 나의 형부이다.

둘째언니는 형부와 7년을 연애하고 결혼했다. 스무 살 풋풋할 때 만난 첫사랑이었다. 연애를 많이 할 젊은 나이에 굳이 첫 남자와 결혼했냐고 물으면 언니의 대답은 한결같았다. "착한 사람이라서."

형부는 진짜 착한 사람이 맞다. 결혼하기 전부터 우리 가족들에게 살갑게 대했다. 부모님께 항상 예의를 갖추었고, 우리 집 궂은일에도 마다하지 않고 나서서 도왔다. 아버지 돌아가시고 엄마가 장사할 때 퇴근하자마자 곧장 달려와 가게 일을 도와주곤 했다. 나의 수능시험 전날, 가족들도 잊고 있었는데 피자와 치킨을 사와 응원을 해주었다. 그때의 감동이 지금까지도 잊히지 않는다. 나는 형부에게서 '싫다'라는 말을 들어본 적이 없다. 오히려 '오케이'를 지겨울 정도로 들었다. 자신 없는 일도 거절하는 법 없이 누구의 어떤 부탁이건 언제나 '오케이'로 답했다. 그런데 단 한 가지 꺾을 수 없는 고집이 있었다.

형부는 새벽에 출근하면 밤 12시 넘어 퇴근했다. 집에서 1시간 넘게 고속도로를 달려 출근해야 했고, 퇴근하면 바로 잠 잘 시간뿐이었다. 과도한 스트레스로 탈모가 왔고, 결국 이마가 훤하게 넓어졌다. 언니는 갑자기 나이들어 보이는 남편에게 부분가발을 권했지만, 형부는 단박에 거절했다. 가족들은 밤낮없이 돈만 버는 형부가 안타까웠다. 적극적으로 권해봤지만 소용없었다. 그런 일로 돈 쓰는 걸 아까워했다.

머리카락이 줄어들수록 형부의 표정도 어두워졌다. 항상 밝은 표정에 '오케이'밖에 할 줄 모르는 분은 점점 말수도 줄어들었다. 직장

근처에 자취를 하면서 가족들과는 한 달에 몇 번 정도 만났다. 얼굴 보기가 더 힘들어진 형부가 낯설게만 느껴졌다. 대구에 갈 때마다 없는 시간을 쪼개어 밥도 사주고 반겨주던 때가 그리웠다. 시간이 지날수록 서먹한 상태로 몇 해가 흘렀다.

어느 날 언니는 기쁜 소식을 전해주었다. 형부가 가발을 썼다는 거였다. 가족들은 반색했지만 한편으로는 얼마나 젊어보일까 기대를 했다.

몇 달 뒤 가족모임에 형부가 나타나자 일제히 형부의 머리로 시선이 꽂혔다. 처음 등장했을 때는 너무 어색했다. 특별히 잘 어울리는 것도 아니고, 그렇다고 보기 흉할 정도로 이상하지도 않았다. 늘 봐왔던 부드러운 인상에서 깐깐하고 고집스럽게 변한 것이 좀 어색했지만, 그래도 젊어보이는 것은 확실했다. 가족들은 모두 잘했다고, 훨씬 생기 있어 보인다고 아낌없는 찬사를 보냈다. 형부는 웃으며 쑥스러워했다. 나는 지난 날의 형부를 다시 만난 것 같아 반가웠다.

이번 명절 때 새롭게 변신한 형부를 만났다. 가발에 이어 눈썹 문신을 하고, 살까지 빼는 바람에 영 다른 사람으로 보였다. 중년 아저씨의 두꺼비 같은 넉넉한 배마저 사라져 푸근한 인상은 아니다. 하지만 젊어진 외모만큼 마음도 젊어진 건지 유쾌하게 소리내어 웃고, 말수도 많이 늘었다. 예전의 모습으로 돌아와 힘차게 '오케이'를 외치고 있다. 형부의 되찾은 자신감을 보며 현대인들의 성형집착에 어느 정도 이해가 되었다.

나는 나이가 들수록 점점 얼굴에 자신이 없다. 사진 찍는 것도 망설이게 된다. 밝게 웃어도 가식적인 얼굴로 보인다. 변장을 해도 이마 주름은 밭고랑처럼 드러나고, 반달눈이었다고 생각한 눈꼬리는 매서워 보인다. 입꼬리도 팔자주름에 눌려 맥없이 처져 있다. 사진 속 내 모습에서 무너진 자존감과 만나기도 한다. 성형외과를 떠올리기도 하지만 생각뿐이다. 조금 예뻐진다고 해도 내 얼굴이 달라지는 것을 받아들일 자신이 없어서이다.

표정 관리까지 하며 셀카를 찍고 있는 형부를 지금껏 보지 못했다. 한 집안의 가장으로 쫓기듯 살아왔지만, 지금은 마음의 안정을 찾은 듯 평온한 표정이다. 부쩍 외모에 신경쓰는 형부한테서 삶의 여유가 느껴졌다. 늘 타인에게만 '오케이'를 부르짖었던 중년의 그는, 지금 카메라를 보며 자기 인생에게도 '오케이'를 외치고 있는 것 같다. 멀리서도 그의 젊음이 보인다.

그의 아버지라서

바깥 기온이 많이 내려갔다. 음력으로 10월. 찬바람은 이미 겨울 문턱이다. 마지막 장 달력에 빨갛게 칠한 동그라미가 눈에 들어온다. 시아버지 기일이다. 우리 집 한해 행사 중 중요한 날이라 새 달력을 받아오면 이날은 빠뜨리지 않고 표시해둔다.

시아버지 기일을 대수롭지 않게 생각했던 적이 있다. 우리 집과 시댁이 멀다보니 제사 때를 맞춰 가기가 힘들었다. 매번 참석만 겨우 했고, 제사 준비는 거의 시어머니가 맡아하셨다. 나는 그것을 당연히 받아들였고, 맏며느리여도 제사를 책임져야 한다는 생각을 하지 못했다. 하지만 남편은 내 생각과 달랐다. 제사는 장남의 임무라며, 내가 한 집안의 맏며느리로 시집온 이상 제대로 모셨으면 했다.

도련님이 결혼하고 얼마 후, 어머니는 나를 불러 이제 그만 제사를 가져갔으면 했다. 그동안은 상차림을 모르는 것 같아서 가르친 것이고, 이제는 할 수 있을 것 같으니 나한테 알아서 지내라는 것이다. 5년 동안 어머니의 보조만 했지 뒤집개 한 번 제대로 사용해본 적이 없었다. 나는 질겁하며 그렇게는 못하겠다고 말씀드렸다. 하지만 어머니는 도련님이 결혼하기 전부터 생각해둔 일이라고 딱 잘라 말했다. 미리 말씀하셨더라면 하나하나 제대로 배웠을 텐데 난감했다. 나와 달리 동서는 대구까지 오기 힘들었는데 오히려 잘 됐다고 좋아했다. 어머니께 형님 집으로 가서 제사를 지낼 거라고 거들었다. 어머니와 동서는 미리 입을 맞춘 듯 말이 잘 맞았다. 시어머니도 남편도, 하다못해 도련님까지도 어쩔 수 없이 아버지 제사를 챙긴 건 아니었나 하는 느낌이었다. 지금부터 혼자 제사를 책임져야 한다고 생각하니 눈앞이 캄캄했다.

내가 제사를 맡고 얼마간은 어머니의 확인 전화가 있었다. 하지만 가끔 오던 전화도 끊어졌다. 동서도 처음에는 몇 번 다녀가더니 어느 해인가부터 오지 않았다. 이제는 아예 전화도 하지 않는다. 남편조차 기일을 잊기도 하고, 제사 준비에 대해 일절 묻지도 않는다. 제사는 끝까지 장남 몫이라고 큰소리쳤던 그가 맞나 싶다. 나도 처음에는 모른 척해버릴까 했다. 마침 못마땅하던 터였는데 이참에 그만둬도 괜찮을 것 같았다. 하지만 생각만 그럴 뿐 막상 손을 떼려니 홀가분할 것 같던 처음 생각과는 달리 서운한 마음이 먼저 들었다.

시어머니의 뜻대로 15년 동안 한번도 잊지 않고 시아버지 제사를 모셨다. 그동안 정이 든 걸까. 이제는 초겨울 바람만 불어도 시아버지 기일이 먼저 떠오른다. 올해도 혼자서 준비할 생각이었다. 그런데 무슨 일인지 남편이 알아서 시장에 따라와주었다. 내가 미처 생각지 못한 것도 말없이 챙겨주고 장바구니에서 조기를 꺼내 직접 정리까지 해서 냉장고에 넣었다. 비린내 난다고 손가락 끝으로 비닐만 건드렸던 사람이 아니었다.

오늘 따라 잔을 치는 남편의 움직임이 느리다. 절을 하고 일어서는데도 어깨를 축 늘어뜨렸다. 한참 뒤에 고개를 드는데 그의 눈가가 촉촉하다. 조기 위에 젓가락을 올려놓으며 '아버지는 생선이 없으면 식사를 안 하셨지'라고 혼잣말을 한다. 절을 하는 동안 아버지에게 많이 드시고 가라고 거푸 말한다. 한숨 섞인 목소리가 안쓰럽다.

"지금까지 아버지 마음을 알려고도 하지 않았다."

그가 아버지에 대한 감정을 먼저 꺼낸 것은 이번이 처음이다.

사이가 좋았던 부모님이 어느 날 심하게 다투더니 어머니는 두 아들을 두고 집을 나가셨다. 아버지는 기다렸다는 듯이 재혼했고, 남편은 오랜 시간 어머니를 만날 수 없었다. 새어머니와 아버지는 사이가 좋았는데 어느 날 아버지 사업이 부도가 나면서 두 분의 싸움은 끊이지 않았다. 새어머니의 구박도 날이 갈수록 심해졌다. 아버지는 매일 술로 날을 보냈고, 자식에게는 전혀 관심이 없었다. 당시 12살이었던 남편은 새어머니의 눈칫밥이라도 얻어먹었지만, 다섯 살 어린 동생은 그 밥조차도 제때 먹지 못해 늘 배고파했다. 돈이 필요했다. 신문배달을 시작해 악착같이 돈을 모았다.

아버지 대신 동생을 돌보면서 자식을 팽개친 아버지에 대한 원망이 쌓여갔다. 성장하는 동안 그것은 응어리가 되었고 무능한 아버지를 용서할 수 없었다. 남편이 대학생이 되었을 때, 아버지는 새어머니와 헤어졌다. 그 뒤 어머니가 다시 돌아왔지만 남편은 여행 다녀오겠다는 쪽지만 남기고 군대에 자원 입대했다. 그런데 갑자기 아버지가 돌아가신 것이다. 간암이었다. 군복무 중이었던 그는 아버지 임종을 지키지 못했다.

신혼 초, 내가 시아버지 이야기를 꺼내려하면 남편도 시어머니도 탐탁찮아 했다. 제사 준비를 하면서 이것저것 물으면 어머니는 푸념만 늘어놓다가 나중에는 '내가 뭐하러 이러고 있노' 하며 애꿎은 부침개만 거칠게 뒤적거리셨다. 남편도 아버지 이야기만 나오면 모른다, 알고 싶지 않다며 안색이 검어지면서 입을 굳게 닫아버렸다. 그에게는 '아들은 아버지를 닮는다'는 말도 금기어였다. 이제야 어렴풋이 짐작이 간다. 어머니는 어머니대로 남편은 남편대로 시아버지에 대한 원망이 풀리지 않았던 것이다. 아니, 원망이라고 생각했던 감정의 응어리를 풀 수 있는 시간이 없었다. 남편은 속마음을 품은 채 명절마다 차례를 지내고 납골당을 찾았다. 제사도 빠짐없이 지냈다. 어머니가 무턱대고 제사를 줄 때도 군소리 없이 받아들였다. 표시는 안 냈어도 아버지에 관한 일은 허투루 지나가는 법이 없는 사람이다. 원망만 가득하다던 아버지는 그에게 어떤 존재였을까.

제사는 끝났지만 상을 오랫동안 물리지 않았다. 그는 혼자 조용히

음복주를 마시는 중이다. 아버지와 대화라도 나누는 것일까, 잔에 술이 채워지는 소리가 이따금씩 들린다.

이제는 기일이 다가와도 전혀 부담스럽지 않다. 예전에는 그가 아버지를 외면하는 줄 알았고, 그렇다면 굳이 내가 제사를 지낼 필요가 있을까 헷갈리기도 했다. 하지만 어렴풋하게나마 남편의 아버지에 대한 마음을 알 것도 같았다. 무엇보다도 그분은 내 남편의 아버지다. 무슨 설명이 더 필요할까. 아버지와 아들이 만나는 1년의 단 하루뿐인 날, 나는 정성담아 상을 차릴 것이다.

상을 앞에 두고 아들은 아버지 생전에 해보지 못한 술잔을 주거니 받거니 하며 회포를 풀고 있다. 나는 슬쩍 자리를 비켜주기로 한다. 남편의 마음에 묻어둔 일들이 이날로 모두 풀리지는 않겠지만, 이제는 그의 아픔이 조금은 가셨으면 하면서.

그날의 장미

우리 집 마당에는 꽃나무가 많았다. 엄마는 자신의 건강은 뒷전인 채 틈만 나면 꽃나무에 영양제를 꽂아주었다. 사랑을 듬뿍 받은 나무들은 건강하게 자라 시절에 맞춰 싱싱한 꽃을 피웠다. 그 중 덩굴장미는 최고의 화려함을 자랑했다. 빨강, 노랑, 분홍색 등 꽃송이가 주먹만 하게 피어나면 진한 장미 향에 끌려 꽃잎을 건드려보고 싶은 충동이 일었다. 하지만 만만하게 대할 꽃이 아니었다. 조심하지 않고 만졌다가 가시에 찔린 적이 여러 번이었다. 그때부턴 아무리 예뻐도 덥석 만지게 되지 않는다.

엄마는 장미를 가장 좋아했다. 아침마다 장미나무를 살피면서 귀하게 키웠지만 중요한 날에는 그 꽃을 과감히 잘라 쓰임에 맞게 사용하셨다.

초등학교 다닐 때였다. 엄마는 해마다 스승의 날이 되면 가장 탐스럽게 핀 장미를 골라 능숙하게 잎을 다듬고 가시를 제거한 다음 은박지에 싸서 내 손에 쥐어주었다. 나는 꽃잎이 한 장이라도 상할까봐 은박지 끝을 꼭 잡고 살살 걸어갔다.

모든 사람이 장미를 좋아하는 건 아니었다. 선생님의 반응은 시큰둥했다. 책상 위 화려하게 포장된 선물 틈에서 엄마의 장미는 빛을 발하지 못했다. 꽃밭에서는 최고의 대접을 받으며 여왕의 자태를 뽐낸 장미였는데….

해마다 선생님들의 반응은 시큰둥하거나 무덤덤하거나 했다. 6학년 때였던가? 담임 선생님은 내가 드린 장미꽃을 받아 그대로 쓰레기통에 버렸다. 놀라우면서도 엄마의 마음을 무시하는 것 같아 화가 났다. 나는 선물을 돈으로 평가하지 말아달라고 선생님께 대들었다. 선생님은 역정을 내시며 나를 교실에서 쫓아버렸다. 그날 이후로 선생님들께 꽃을 드리는 일은 없었다. 엄마가 꽃을 손질해줘도 건성으로 받고는 책상 서랍에 넣어두었다가 시들면 그대로 내다버렸다. 장미는 더 이상 나에게 화려한 꽃이 아니었고 특별하지도 않았다.

중학교 2학년 때였다. 수업시간에 우연히 창밖을 보다가 운동장을 가로질러오는 여인을 보았다. 엄마였다. 왜 왔을까. 가정통신문에 방문 요청을 해도 오지 않던 엄마가 아무 날도 아닌 그날, 내게 말도 없이 학교에 온 것이다. 엄마 가슴에는 탐스러운 분홍장미가 한아름 안겨 있었다. 애지중지 귀하게 여기던 장미를 모조리 꺾어온 모양이었다. 마치 꽃이 걸어오는 것처럼 보였다. 엄마는 숱한 선물 중에 왜 하필 꽃을 선택한 것일까. 총각 선생님이 저 많은 꽃을 어떡하라고.

또 다시 쓰레기통에 버려질지도 모르는데…. 담임 선생님이 꽃을 받고 당황할 것을 생각하니 교실에 앉아 있기가 싫었다. 다른 선물도 없이 꽃만 드리려는 엄마가 미웠다. 예쁜 포장지로 모양을 낸 것도 아니고, 신문지에 되는 대로 둘둘 말아 와서 선생님께 드리다니 있을 수 없는 일이었다. 엄마가 돌아갈 때까지 나는 교실을 빠져나와 다른 곳을 배회했다.

선생님이 부르셔서 교무실로 갔다. 엄마가 다녀간 그곳에 얼씬도 하고 싶지 않았는데 이상하게도 장미의 행방이 궁금했다. 주춤거리며 교무실 문을 열었다. 그런데 선생님들 자리마다 분홍색 장미꽃이 놓여 있었다. 선생님은 다들 예쁘다고 해서 몇 송이씩 나누어주었다고 했다. 어머니 덕에 교무실이 환해졌다며 장미보다 더 밝게 웃으셨다. 순간 장미정원에 들어온 것처럼 교무실이 화사해 보였다. 장미향이 가득한 것도 물론이었다. 그 향은 엄마의 향기였다. 엄마는 며칠 의기소침해 있던 딸이 걱정되어 바쁜 일 팽개치고 학교로 달려왔던 것이다. 선생님은 그런 엄마의 마음을 꽃처럼 받아주셨다. 선생님 말씀을 들으며 나는 책상 위 장미꽃만 계속 바라보았다.

교무실을 나와 복도에서 운동장을 내다보았다. 엄마가 종종거리며 운동장을 걸어나가고 있었다.

제5부

참 닮았다

볼 수 있어요?

“이제 그만 오셔도 되겠어요.”

안과 주치의는 활짝 웃으며 큰소리로 말했다. 3년 만에 들어보는 의사의 밝은 목소리였다. 진료받을 때마다 묻는 말에만 짧게 대답하던 그였다. 그런데 오늘은 그분이 먼저 말을 건넸다. 이제 고비를 넘겼다는 것이다. 이 병원과 연계된 안과를 소개할 테니 이제부턴 집에서 가까운 곳으로 다니라고 했다. 진료실을 나오면서 처치실을 돌아봤다. 그곳에서 몇 시간이고 울며 치료받던 때가 떠올라 몸이 저절로 움츠러들었다.

4년 전 가을, 남편이 화상을 입고 한 달 동안 병원에 입원했다. 나는 양구에서 서울을 오가며 병간호를 했다. 직장생활과 간병까지 병행하느라 여간 피곤한 일이 아니었지만 아픈 남편을 생각하면 내 몸 하나쯤이야 아무것도 아니었다. 남편은 1차 화상수술과 2차 피부이

식수술을 받았다. 한 달 후 경과가 좋아 직장으로 복귀했지만 그 사이 내 몸이 망가지고 있었다. 이상하다고 느낌과 동시에 눈앞이 잘 보이지 않았다. 사방이 캄캄해지면서 보이는 사물마다 울퉁불퉁했다. 덩달아 몸의 균형을 잃었다. 이상한 기분이 들었으나 일시적 현상일 것이라 생각하며 마음을 가다듬었다.

며칠 뒤 새벽, 화장실에 가려고 불을 켰다. 그런데 거울 속 내 얼굴이 찌그러져 보였다. 몇 번이나 눈을 깜빡여보고 잠을 덜 깨 그런가 하여 머리를 흔들어봤지만 마찬가지였다. 거울 속 얼굴만 그런 것이 아니었다. 화장대도 방문도 모두 찌그러져 보였다. 안경을 써도 여전히 사물은 찌그러져 보이고 사방은 어두웠다. 무서웠다. 나는 마음을 가라앉히고 남편을 깨웠다.

"자기야, 우리 방문이 삐뚤어졌어. 형광등도 새로 갈아야 할 것 같아. 너무 어두워."

"자다가 말고 무슨 소리야. 다 멀쩡한데. 잠 덜 깬 거 아니야?"

나는 남편의 그런 대답을 들으려고 깨운 것이 아니었다. 믿을 수 없는 상황을 혼자 감당하기가 두려워서였다.

"수술이 시급합니다. 시력이 좋아지는 수술이 아니라 실명을 막기 위한 응급수술입니다. 날짜를 미룰 수 없어요. 이틀 뒤 수술할게요. 바로 입원 수속 밟지요."

"볼 수 있어요?"

의사의 다그침에 나는 이 한마디 질문밖에 할 수 없었다. 만약 앞을 못 본다면 이제부터 나는 어떻게 살아가야 하나, 그야말로 눈앞이 캄캄했다.

나는 어렸을 때부터 시력이 좋지 않았다. 성장하면서 점점 나빠지더니 성인이 되어서는 교정시력조차 나오지 않았다. 스트레스를 받거나 몸이 피곤하면 눈을 뜰 수 없을 정도로 고통스러웠다. 남편의 화상사고는 큰 충격이었고, 병간호 역시 체력적으로 버거운 일이었다. 분명히 몸에서 신호를 주었을 텐데 간호에 매달리느라 내 몸의 소리를 놓치고 말았다. 이미 망가진 시력은 다시 회복할 수 없다던 의사의 판명은 나에게 앞으로 살아갈 희망조차 포기하게 만들었다. 지금까지 바동거리며 살아온 삶이 서러웠다.

수술실에 들어가기 전, 불안해하는 내게 남편은 귓속말로 속삭였다.

"걱정하지 마. 내 시력도 좋지는 않지만 내 것 줄 테니 우리 하나씩 나눠서 보자."

그러고는 수술실로 들어가는 나를 차마 따라오지 못하고 주저앉아 흐느꼈다.

한 시간쯤 지나 수술을 마치고 입원실로 돌아왔다. 수술이 잘 끝났다는 의사 말을 듣자 마음이 놓이며 배가 고팠다. 수술 전까지만 해도 살아갈 희망조차 없었던 나는 식욕이 당긴다는 사실이 놀라웠다. 내가 먹겠다는 의지를 보이자 남편은 기뻐하며 편의점으로 달려갔다.

우리는 며칠 굶은 사람처럼 이것저것 사먹었다. 환자가 아니라 놀러온 손님처럼 병원 구석구석 손잡고 다니며 구경했다. 수술 전 불안은 어디로 가고 몸도 마음도 편안해졌다. 내일 아침에 눈을 떠보면 결과를 알 수 있다는 의사의 말은 잊어버렸다. 그저 잘 될 거라고 믿었다. 한쪽 눈을 주겠다며 눈물 흘렸던 남편도 내가 즐거우면 자기도 무조건 행복하다고 했다. 미안하고 고마웠다. 수술이 성공적이어서 그의 눈을 기증받을 일이 없기를 바랐다.

다음날, 의사가 붕대를 풀었다. 긴장된 마음으로 눈을 떴다. 그런데 앞이 전혀 보이지 않았다. 오히려 수술 전보다 더 어둡고 아팠다. 곧바로 2차 수술에 들어갔다. 2차 수술은 1차 때보다 고통이 수십 배로 컸다. 머리카락이 곤두설 만큼 통증이 계속되었다. 무섭고 아파서 눈물을 멈출 수가 없었다. 이대로 고통 속에 생이 끝날 것만 같았다. 진통제를 대량 투여받았고 2시간쯤 지나자 정신이 돌아왔다.

"수술 후 빠르면 15일 안에 부작용이 옵니다. 다시 수술해야 하는데, 그때는 시력이 거의 없을 수도 있어요. 눈에 좋은 음식 먹고, 스트레스 받지 말고 행복하게 지내세요."

집으로 돌아가는 길에 앞을 못 보는 상황에서 행복하게 사는 법을 생각해보았다. 아무리 생각해도 그것은 희망 없이 고문을 받는 삶, 그 자체였다.

수술 후 3년 6개월이 지났다. 다시 수술하는 끔찍한 일은 일어나지 않았다. 하지만 수술한 눈은 여전히 잘 보이지 않는다. 사물이 찌그러져 보이는 것도 여전하다. 걸을 때 신경을 쓰지 않으면 그대로 넘어진다. 그래서 내 무릎은 성할 날이 없다. 적응되었다 생각하지만 때때로 내 눈은 나를 자극한다. 조심하라고. 그래도 나는 불편하나마 앞을 볼 수 있다. 내 눈으로 세상을 볼 수 있다는 것은 나에게 살아도 된다는 허락과도 같은 것이다. 지금처럼만 살 수 있다면 더 큰 욕심은 바라지 않는다. 책을 볼 수 있고 좋아하는 사람들과 마주할 수 있다는 것, 그것은 나에게 축복과도 같은 거니까. 나는 자주, 더 나빠지지만 말아달라고 혼잣말로 기도처럼 중얼거린다.

참 닮았다

지하철을 놓칠까봐 부리나케 계단을 두 칸씩 뛰어내려갔다. 그 와중에도 역사 안 옷가게에 걸린 노란 카디건이 눈에 띄었다. 봄에 입으면 딱 어울리겠다는 생각과 함께 잠시 망설임도 없이 그 옷을 사버렸다. 다음 지하철을 기다리면서 나는 엄마와 참 닮았다는 생각에 웃음이 났다.

몇 년 전 엄마는 감기로 병원에 입원했다. 가을볕이 좋은 날, 엄마를 뵈러갔다. 병실이 답답한지 창밖만 하염없이 내다보셨다. 나는 엄마를 모시고 밖으로 나갔다. 병원 안 정원은 넓은 잔디밭과 꽃나무들로 예쁘게 꾸며져 있었다. 차 한 잔 할 생각에 작은 분수 근처 아담한 벤치에 엄마를 앉혀두고 다녀온 사이, 엄마가 사라졌다. 병원 안팎을 한참 동안 찾아헤매다가 노점상 앞에 서 계신 엄마를 발견했다. 헐렁한 병원복 차림으로 노점상 앞에 서서 이리저리 옷을 대보면서 주인과 가격 흥정 중이었다. 내가 다가가자 우리 딸이 계산할 거라고 말하고는 고른 옷을 들고 사라졌다. 얼떨결에 값을 치르면서도 환자복 차림으로 병원 밖에서 옷을 사는 상황이 영 낯설었다. 엄마는 우리 엄마도 젊은 날 그랬는데, 나도 옷만 보면 그냥 지나칠 수가 없다고 말씀하셨다. 병실로 오자마자 새 옷으로 갈아입고는 어린아이처럼 좋아했다.

내가 일곱 살 때였다. 집안 형편이 좋지 않아 엄마는 아빠의 사업을 돕기 위해 아침 일찍 집을 나갔고 여덟 식구 살림은 외할머니가 도맡아하셨다. 매일 혼자 시장에 다니던 할머니가 한번은 나를 데려가셨다. 나는 호떡이라도 하나 사주려나 싶어 신이 나 따라갔지만 시장을 한 바퀴 돌고 두 바퀴를 돌아도 호떡은커녕 사탕 하나도 쥐어주지 않았다. 할머니는 반찬거리를 산다고 했는데 그것도 사지 않았다. 나는 지쳐서 난전에 깔린 옷 위에 털썩 주저앉았다. 할머니도 같이 쪼그리고 앉더니 갑자기 난전의 옷을 뒤지기 시작했다. 이것저것 몇 벌이나 걸쳐보고는 한참 만에 조끼 하나를 집어 가방 속에 얼른 넣더니 오백 원을 아저씨한테 재빨리 쥐어주었다.

"엄마한테 이르지 마라. 너거 엄마가 천 원어치 반찬거리 사랬는데, 오백 원으로 콩나물하고 두부나 사가자."

할머니는 큰 죄를 숨기듯이 속삭이며, 나에게 비밀 하나를 던져주었다.

할머니는 집에 돌아와 반짝이가 들어간 보라색 조끼를 입고 또 입어 보더니 장롱 속 깊이 숨겼다. 그 뒤로도 몇 번인가 오백 원짜리 옷을 더 샀다. 옷을 고를 때 할머니의 눈빛은 보물을 찾은 사람처럼 반짝였다. 살림이 넉넉지 않아 천 원어치 반찬거리를 사야 하는 형편인데도 할머니는 과감하게 오백 원을 매번 옷 사는 데 썼다. 나는 지금까지도 그 일을 엄마에게 이르지 않았다.

내가 옷가게를 지나치지 못하고 꼭 들러야 하는 걸 나쁜 습관이라고만 생각했다. 무턱대고 옷을 사와서 입지도 않고 장롱 속에 몇 년을 묵혀두고 그대로 잊어버린다. 한참 시간이 지나고 옷장을 정리하다가 새 옷이 발견되면 한숨이 다 나온다. 내 성격에 문제가 있는 걸까 걱정이 되던 차에 엄마의 장롱 속 옷을 보면서 그 이유를 알게 되었다. 엄마의 장롱 속에는 계절 구별 안 된 옷이 쏟아질 듯 쌓여 있다. 몇 십 년이 지나도록 한 번도 입지 않으면서 버리지도 못한 옷이 있는가 하면, 어떤 옷은 언제 샀는지 기억에도 없다고 했다.

할머니가 돌아가시고 유품을 정리하다가 엄마는 장롱 속에서 한 보따리의 옷을 꺼냈다. 입지도 않은 싸구려 옷들을 많이도 숨겨놓았다며 할머니의 성격을 도무지 이해할 수 없다고 했다. 엄마는 당신의 장롱 속에도 알 수 없는 옷이 가득한데 그것은 생각하지 못하는 것 같았다.

부모님의 삶을 바라보면 나도 부모님과 같은 모습으로 살아가고 있다는 것을 느낀다. 할머니와 엄마가 옷에 집착했고, 나도 그렇다는 것, 평소엔 과묵하다가도 마이크만 잡으면 청산유수로 노래를 불렀던 아버지, 휴일에도 아침 식사는 다 같이 먹어야 한다고 온 가족을 깨워서 밥을 먹이는 황소고집 엄마. 어느 순간 내게서 비슷한 말이나 행동이 불쑥불쑥 튀어나올 때마다 놀라곤 한다.

우리가 부모의 모습을 보며 닮기도 하지만 부모님을 닮는 것은 유전자에 의한 것이라고도 한다. 사소한 말과 행동 하나까지도 부모님한테 물려받았다는 생각이 들면 언제 어디서나 조심해야 할 것들이 많다. 너는 누굴 닮아서 그렇니? 라는 말은 어떤 의미로든 부정적으로 들리기에 듣기에 반가운 말은 아닌 것 같다. 남들은 나의 행동거지에서 우리 부모님을 떠올릴 테니 말이다.

누가 봐도 엄마와 나는 참 많이도 닮았다.

외계인 주스

매일 아침 밥상을 차리기 전에 저울을 먼저 준비한다. 하루 섭취량을 지키기 위해 식재료의 정량을 맞춘다. 그렇지 않으면 효과는 물론 맛이 달라지기 때문에 매번 저울을 사용하는 것이 번거로워도 이 과정을 거쳐야 한다.

저울 위에 계량컵을 올려놓고 석류즙이나 양파즙 120㎖를 따른다. 거기에 아마씨가루 4g, 다시마가루 3g, 팥가루 4g, 아로니아가루 3g, 뽕잎가루 2g, 총 16g의 가루를 넣어 섞는다. 이것은 내가 식사 전에 마시는 건강 주스다. 건자두 20g, 유산균 2g, 프리바이오틱스 4g을 더 먹은 다음 식사를 한다.

주스의 재료는 조금씩 바뀌기도 한다. 한 가지만 너무 오래 마시면 싫증이 나고, 장기간 섭취는 건강에 좋지 않다는 말을 들었다. 건강 상태에 따라 알맞은 재료로 석 달에 한 번꼴로 바꾸어주는 것이 좋다고 한다. 5년째 매일 주스를 만들고 있다.

집을 떠날 때는 한번 먹을 분량의 가루를 포장해야 한다. 하루에 두 봉지씩 먹어야 하는데, 여행이 길어지면 포장하는 것도 만만치 않다. 귀찮은 일이지만 내가 이 주스에 매달리는 이유가 있다.

5년 전 건강검진을 받았다. 당시 나는 악성 변비로 대장검사를 받아야 했다. 얼마 되지 않아 위궤양과 다리 부종까지 겹쳐서 몇 개월째 내과 검진 중이었다. 콜레스테롤 수치도 높아서 고지혈증약도 받아왔다. 문제는 당장 심각한 병이 아니어서 특별한 처방이 없었다는 것이다. 의사는 식단을 바꿀 것과 적당히 운동할 것, 스트레스를 조심할 것 등을 당부했다. 처방약이 있다면 좋을 텐데, 치료는 오로지 나의 생활습관에 달려 있다고 했다. 그동안 편하다는 이유로 인스턴트 음식으로 때운 것이 문제였다.

식단을 바꾸기에 앞서 식재료에 관한 공부가 필요했다. 좋은 식재료에 관해서는 방송 프로그램에서도 여러 채널을 통해 정보를 쏟아내고 있었다. 어떤 병에 효능이 뛰어나다는 건강식품은 매일 몇 가지씩 바뀌면서 소개되었고, 그것은 거의 만병통치약에 가까웠다. 이것을 먹고 병이 완치되었다는 사람이 나와서 효과까지 증명해주었다. 나는 신뢰감이 생겼고, 경험해보고 싶었다.

나는 몸 상태의 심각성을 고려해 악성 변비와 다리 부종부터 치료하기로 했다. 나름대로 비교 분석을 통해 찾은 정보가 정확하다 믿고 재료를 준비했다. 하지만 효능이 좋다는 식재료는 하루가 멀다 하고 새롭게 등장했다. 콜레스테롤 수치를 떨어뜨려 준다는 말에 혹해서 재료 하나를 추가했다. 그러다가 눈 건강에 좋다 하고, 스트레스 완화에 도움이 된다길래 재료를 하나씩 늘렸더니 가짓수가 눈덩이처럼 불어났다. 그것만으로도 식사가 될 양이었다. 배가 불러도 건강이 먼저다 생각하고, 하루도 거르지 않고 열심히 먹었다.

그런데 그렇게 몸에 좋다고 소문났던 식재료는 몇 개월이 지나 세상을 떠들썩하게 만들었다. 중금속이 있다고 하고, 부작용을 불러일으키는 성분이 포함되어 있으니 주의하라는 내용 등이었다. 그날부터 가격은 내려가고, 얼마 뒤에는 매장 구석 자리로 옮겨졌다. 방송에서는 재빠르게 다른 제품을 선보이며 효능이 뛰어나다고 권하고 있었다. 나도 그 흐름에 동참해 식재료를 바꿔야 했다. 건강염려증에 걸린 사람처럼 방송에 나오는 대로 쫓아다녔다.

나만 그런 것이 아니었다. 알려지지 않던 식재료가 건강식품이라고 아침 방송에 소개되면 그날 오후에는 품귀현상이 일어난다고 했다. 뒤늦게 소식을 듣고 그것을 구입하려고 시장이나 마트에 가보면 매진되고 없을 때가 많았다. 그만큼 현대인들이 건강에 대한 관심도가 높아졌다는 뜻이다.

앞으로 100세를 넘어 120세까지 수명이 연장된다는데, 건강하게 오래 살 자신이 없는 나는 이런 소식이 반갑지만은 않다. 하지만 사는 동안은 건강해야 하기에 받아들여야 한다. 건강을 위해 몸에 좋은 음식을 섭취하는 것은 당연하다고 생각한다.

아무리 좋은 음식이라도 지나치면 역효과가 따른다. 지금은 건강 정보가 넘쳐나지만 확실한 검증 과정을 거쳤는지 알 수 없다. 더구나 그 정보조차 매번 바뀌기 때문에 그것들을 다 정확히 판단하고 수용하기는 어렵다. 그러니 나의 병이나 체질을 먼저 잘 알고 식재료를 선택해야 한다. 어떤 식품도 어느 정도 꾸준히 먹어야 효능을 볼 수 있다. 하지만 개인마다 체질이 다르므로 남들이 먹고 병이 나았다고 해서 반드시 건강해질 거라는 기대는 버려야 한다. 나도 그들 따라 무작정 건강식품을 먹기 시작했지만 딱히 효능을 보지는 못했다. 새로운 것에 현혹되면 먼저 먹던 것을 지속해서 먹을 수 없었다.

다용도실에 쌓여가는 식품들을 보고 있자니 한숨이 나왔다. 건강식품을 유행 따라 먹는 내가 한심스러웠다. 내 체질에 맞는, 나한테 필요한 식품만 먹기로 하고 나머지는 모두 쓰레기봉투에 쓸어버렸다.

며칠 전 나는 가루가 담긴 병을 싱크대 선반에 진열해놓고, 재료를 일일이 저울로 달아 컵에 담고 있었다. 남편이 슬쩍 보더니 주방이 실험실 같다며, '외계인 주스' 만드냐고 한마디 툭 던졌다. 외계인이란 말이 귀에 거슬렸지만 틀린 말도 아니다. 컵 속에 든 액체는 색이 거무튀튀하고, 끈적끈적한 질감에 비릿한 냄새가 난다. 나조차 선뜻 맛볼 엄두가 나지 않는데, 비위가 약한 사람은 시도조차 할 수 없겠다. 복잡하게 얽힌 고질병만 아니라면 귀찮은 이 일을 그만하고 싶다. 하지만 나에게는 주스가 필요하다. 매일 섭취를 해야 하루가 편안하다. 남들은 위약 효과라 하지만 건강에 문제가 발생하면 누구라도 치료를 위해서 어떤 선택이든 하게 마련이다. 그들이 이해하지 못하는 외계인 주스라 해도 믿고 계속 마셔볼까 한다.

눈을 뜨자마자 나만의 비법 가루 16g을 석류즙과 섞는다. 정체불명의 액체는 여전히 시큼한 냄새를 풍기며 주인의 선택을 기다린다.

세렌디피티*

나는 작가가 되었다. 돌고 돌아 제자리를 찾는데 이십 년이 걸렸다.

"그만 좀 하지 그래? 그만큼 했으면 이제 자리잡아야지. 언제까지 그렇게만 살 거야!" 가족들은 내가 어떤 일을 시작한다고 할 때 늘 이렇게 말했다. 이해는 된다. 나는 어떤 일이든 호기심이 발동하면 그것을 꼭 해봐야 직성이 풀린다.

어렸을 때 부모님은 내가 대단한 인물이 될 것이라고 기대를 했었다. 호기심도 많고, 그것을 해결하기 위해 열심히 파헤치니까 뭐라도 될 줄 알았나보다. 하지만 나는 그것에 대한 궁금증이 해결되면 더 이상 거들떠보지 않았다. 다른 새로운 것을 찾아야 했다. 호기심을 자아내는 일을 발견하는 것은 즐겁고, 그 일에 대해 알아가는 과정이 여간 흥미로운 것이 아니었다. 그런 나를 다재다능한 어린이로 불리면서 주위에서는 훌륭한 인재로 성장하겠다며 칭찬을 아끼지 않았다.

그런데 자라면서 알았다. 호기심이 많다는 것은 변덕이 심하다는 말로 바뀔 수 있다는 말이란 것을. 곧 끈기가 없다는 말이기도 하다.

나는 대학을 졸업하면서 컴퓨터 활용능력, 워드프로세서, 운전면허증 등 수많은 자격증을 땄다. 졸업 후 직장에 다니려면 자격증은 필수였다. 자격증으로도 취업할 수 있다니 흥미가 절로 생겼다. 대학 공부와는 다른 새로운 공부를 하니까 직장생활에 대한 기대감이 솟구쳤다. 빠른 속도로 자격증을 취득했다. 하지만 막상 취업하려니 선택할 만한 직장은 별로 없었다. 나는 사무직 업무에는 전혀 관심이 없었다. 미적대다가 가족들의 등쌀에 떠밀려 동네 병원 행정실에 취직했다. 3개월 정도 지나자 일이 익숙해졌다. 그런데 바로 지겨워졌다. 매일 반복되는 서류 작업, 발송, 복사 등 기계적인 일상들이었다. 무료함을 견딜 수 없어 그만두었다. 그리고 다른 하고 싶은 일을 찾아다니기 시작했다.

국문과를 졸업한 나는, 학원 강사 일을 했다. 국어 강사를 하면서 당연히 내 자리를 찾았다고 생각했다. 전공과 알맞다고 믿었다. 주위에서도 다른 곳에 기웃대지 말고 안착하기를 바랐다. 하지만 1년이 지나자 이도 시들해졌다. 두 달에 한 번씩 찾아오는 중간, 기말고사 준비에 정신없었다. 예상 문제집을 만들고, 하루 10시간씩 되는 수업은, 끝내 나 스스로 학원이라는 건물에 가둬버렸다. 강사로 근무하는 동안 개인적인 생활은 전혀 할 수 없었다. 심신이 모두 지쳐갔다. 영혼의 자유가 절박하게 필요했다. 그때 마침 한 남자를 만났고,

서둘러 결혼을 해 학원을 탈출했다.

결혼생활은 매우 흥미로웠다. 낯선 곳에서 낯선 사람들을 만나 적응해간다는 것은, 지금껏 살아온 일상과는 전혀 다른 세계였다. 아침에 일어나 바라보는 세상은 깨끗한 산소를 불어넣는 삶을 사는 것이었다. 드디어 만족스러운 인생을 찾았다고 믿었다. 하지만 그것도 고작 6개월이었다. 가정주부로서만 일상을 보낸다는 것은 어쩐지 시시하다는 생각이 들었다. 지루함이 다시 시작됐고, 보람찬 인생을 위해서는 치밀하게 계획을 다시 짜야 했다. 그러려면 돈이 필요했다. 취업을 위한 공부를 시작했다.

사회복지사 자격증을 취득해 취업했고, 그 돈으로 대학에 편입해 상담사 공부를 시작했다. 직장생활과 공부를 병행하면서 바쁜 2년을 보냈다. 주부 역할도 소홀할 수 없었기 때문에 일과는 끝이 없었다. 하루가 참으로 짧았던 시절이었다. 나는 뭔가 될 것 같았다. 공부는 힘들면서도 삶의 활력을 줬다. 하루도 빠짐없이 수업을 듣고, 시험을 치르고, 과제를 제출하면서 이 공부만 마치면 새로운 삶이 펼쳐질 것이라 부푼 꿈을 꿨다. 부지런히 공부한 보상은 2년 후, 졸업식 때 상담학과 장학생으로 선발되어 대표로 상을 받았다는 것. 다시 생각해봐도 아주 대견하고 뿌듯한 일이다.

하지만 나의 대단했던 열정도 얼마 안 가서 끝이 났다. 더 이상의 눈부신 발전도 없었다. 또 다른 호기심을 주는 공부도 찾지 못했고, 아무것도 이루지 못한 채 시간만 축냈다는 가족들의 비난을 받기 시작했다. 친구들도 처음에는 열심히 사는 내 모습이 대단하다고 응원을 보내왔으나, 나중에는 하나에 만족하지 못하는 사람으로 제쳐놓았다. 남편의 발령지에 따라 이사 다니며 시간을 보냈다. 삶의 흥미도 사라지고 뭘 해야 할지 갈피를 잡지 못한 채 세월만 탓하면서.

'세렌디피티serendipity!'

마음속에 늘 간직하던 말이었다. '운 좋은 발견'. 나는 삶의 의미가 희미해질 때마다 이 말을 떠올렸다. 내게도 행운이 발견될 때가 있을 거야, 주문처럼 외치며 위로를 했다. 그런데 정말 내게도 이런 날이 찾아왔다. 나의 호기심과 새로움에 대한 갈망을 해결해줄 수 있는, 감격스러운 그날을 잊을 수가 없다. 내가 작가가 된 것이었다. 작가로 등단하던 날, 가족들의 인정을 받고 친구들의 축하 인사가 끊임없던 그날, 수많은 방황과 비난을 받던 일들이 보상받는 순간이었다. 나의 학구열에 혀를 내둘렀던 주위 시선들을 한 번에 거둬들일 수 있는 날이었다. '박 작가'라고 호칭해주면서 함께 기뻐해주던 지인들의 눈빛을 잊을 수가 없다. 그들에게 감사한 마음이 가득하지만 표현할 방법은 없었다. 눈물날 정도로 감동적이었다.

나는 제자리를 찾느라 시간이 좀 걸렸다. 하지만 중요한 것은 내가 지금 읽고, 느끼고, 마음이 소통하는 글을 쓰고 있다는 것이다. 글을 쓴다는 것은 결코 쉬운 일이 아니지만 등단하기 위해 틈나는 대로 공부했다. 글을 쓰기 위해서는 많은 시간이 필요했다. 책도 많이 읽어야 하고, 자료 조사를 하기 위해 발품을 팔아야 했다. 무엇보다 철저한 나와의 싸움이 늘 문제였다. 시간도 건강도 잘 관리해야 했다. 이토록 어려운 글을 왜 쓸까 생각하지만 나에게는 그것이 숨쉴 수 있는 구멍이었다. 글을 읽고, 쓰면서 나와 세상이 소통하는 시간을 경험한다.

나는 이 길을 찾아오기까지 이십 년도 더 걸렸지만 지난 시간이 아깝지 않다. 지금 쓰고 있는 이 순간이 소중할 뿐이고, 앞으로 어떤 모습으로 성장해갈지 조심스럽게 기대하고 있다. 이 일이 즐겁다. 내가 숨쉬는 동안은 이 일을 멈추지 않을 것 같다.

* 세렌디피티 : 뜻밖의 행복, 우연한 행운.

개인의 취향

얼마 전 친구들과 고기를 먹으러 갔다. 오랜만에 한우를 먹는다며 다들 들떠 있었다. 소고기는 너무 많이 익으면 질겨진다. 살짝 핏기가 있을 때 한 번 뒤집고 몇 초 뒤 먹어야 부드러운 식감을 느낄 수 있다. 나는 그 맛을 기억하며 정성스럽게 구웠다. 하지만 정작 나는 고기 대신 버섯이 가득한 쌈에 만족해야 했다.

나는 고기를 좋아하지 않는다. 내가 고기를 먹지 않는다고 하면 사람들은 하나같이 의아해한다. 그럼 뭐 먹고 사냐는 말이 이어진다. 특유의 냄새와 가시를 발라먹기 귀찮다는 이유로 생선을 먹지 않는 사람, 독특한 향이 싫어서 카레를 먹지 않는 사람, 비리다면서 오이나 당근을 먹지 않는 사람도 있다. 하지만 그들에게 '그럼 뭐 먹고 사냐'고 묻지 않는다. 그런데 고기를 좋아하지 않는다는 나만 이상하게 본다. 그들과 어울려 곁들임 찬으로 먹고 있는데도 여전히 안쓰럽게 보거나 불편하다는 눈치다. 나는 고기를 먹든 안 먹든 불만이 없지만 그 자리에 끼어 있다는 것만으로도 미안했다.

나도 30대 초반까지는 고기를 잘 먹었다. 일주일에 최소 세 번 이상 먹었고, 어떤 종류의 고기라도 상관없이 무조건 좋아했다. 저녁에 먹다 남은 치킨이 있으면 아침에 눈 뜨자마자 찾아 먹었다. 아침부터 삼겹살을 구워 먹기도 했다. 그랬던 내가 어느 날, 고기와 인연을 끊었다.

나는 가려먹는 체질이 아니라서 아무거나 잘 먹었다. 이날은 모임 자리에서 갈비를 먹었다. 조금 과식했나 싶었다. 완전히 소화되지 않은 상태였지만 피곤하기도 했고 늦은 시간이라 그냥 잠자리에 들었다. 새벽이 되자 속이 더부룩했다. 뭐가 잘못됐는지 화장실을 드나들기 시작했다. 녹초가 될 때까지 몇 시간을 아래위로 정신없이 쏟아냈다. 응급실로 실려갔고 의사는 퇴원하는 나에게 소화력이 좋지 않다며 특히 육류 섭취 시 주의하라고 했다.

한동안은 고기 근처에도 가고 싶지 않았다. 특히 고기를 먹을 때면 소화를 시킬 수 있을까 하는 두려움이 앞섰다. 그러다보니 서서히 멀리하게 되었고, 그렇게 몇 년을 피하다보니 고기 생각이 멀어졌다. 어쩌다 먹게 되면 어김없이 소화가 안 됐다. 어느 순간부터는 고기에서 비릿한 냄새가 나고, 특유의 피맛도 나는 것 같았다. 그런 날이 계속되면서 고기가 먹기 싫어졌다.

이 일이 있고 난 후 이상증후가 하나 생겼다. 생우유를 먹으면 소화가 되지 않고 다시 위로 솟는다. 나는 우유를 좋아해서 하루에 1리

터씩 먹을 때도 있었다. 하지만 지금은 겁부터 난다. 치즈나 요거트 같은 가공품은 괜찮은데 생우유가 든 음료를 먹으면 속이 거북했다. '유당불내증'이라는데, 선천적인 경우도 있지만 나는 유당 소화기능이 장내 세균으로 인해 손상되어 다시 회복이 안 된 경우였다. 커피에 우유를 넣어 먹는 것도 지금은 그림의 떡이 되었다. 내가 고기와 우유를 피하는 것을 보고 채식주의자라고 하는 사람들이 많았다. 이렇게 된 마당에 채식을 한번 해보자 생각해봤다.

요즘 사람들은 동물복지나 환경문제, 건강문제 등으로 채식에 관심이 많다. 완전 채식만 하는 경우를 '비건'이라 말한다. 나 같은 경우는 유제품, 달걀, 어류를 먹고 가끔 육류도 먹는 채식주의자다. 이를 '세미 베지테리언'이라 하는데 정확히 보면 진정한 채식주의자라 할 수 없다. 소극적으로 채식을 지향하는 사람으로 보면 될 것 같다.

내가 고기를 피하자 생각지 못한 일들이 벌어졌다. 지인들은 나를 비건으로 오인하고 식사 메뉴에서 고기를 빼버렸다. 얼마 뒤 먹을 게 없다는 원성이 터져나왔다. 그러고보니 우리의 외식 메뉴는 거의 고기였다. 나는 채식으로 취향을 바꿔보려 시도한 것뿐인데 고기를 못 먹는 것처럼 인식되었다. 죄지은 것도 아닌데 그들의 눈치를 보게 되고 점점 모임에서의 행동이 조심스러워졌다. 낯선 사람들 앞에서는 유별난 성격이라 할까봐 식사에 관해서는 무조건 다수를 따랐다.

그래도 예리한 그들의 눈을 피할 수가 없었다. 왜 고기를 안 먹느냐고 반복해서 물어보는 일이 잦아졌다. 나를 배려하려는 마음은 느껴졌지만 오히려 그것이 나에게는 부담이 되었다. 그때마다 일일이 설명하는 것도 힘들고, 불쌍하게 보는 눈빛에서 벗어나고도 싶었다. 즐기자고 모인 자리가 서로 불편하게 만드는 것 같았다. 남자들 세계에서 술, 담배를 못하면 사회생활이 힘들다고 한 때가 있었다. 음식을 가리는 것도 그와 다르지 않았다. 모임 자리가 점점 부담스러워지면서 오랜 시간 혼밥을 즐기며 보냈다.

돌이켜보면 눈치볼 일도 아니었다는 생각이 든다. 요즘은 개인 취향 존중시대라 하지 않는가. 그래서인지 자신의 의사를 뚜렷이 밝히는 이들이 많아졌다. 어떨 땐 지나치게 솔직해서 당돌해보이기까지 한다. 나는 저래도 되나 하면서도 한편으로는 그들의 당당함이 부럽다. 지금은 모임에서도 서로의 취향을 배려하고, 예전처럼 강요하거나 간섭하는 일이 줄었다. 취향은 좋고, 싫음의 영역이지 그 사람의 인격이나 수준을 평가하는 기준이 아니기 때문이다.

나는 아직도 완전한 채식은 못하고 있다. 세상에는 다양한 음식들이 너무도 많아서 그 유혹을 떨칠 수가 없다. 그것들을 충분히 즐기고 나서 채식의 길은 천천히 가도 늦지 않을 것 같다. 지금처럼 채식 지향자로 사는 것도 나쁘지 않다.

비 오는 날 나는 그 집에 간다

동네에 관심 가는 초밥전문점이 있다. 흰 바탕에 검정 글씨로 '스시'라고 쓰인 입간판은 멀리서도 한눈에 들어온다. 유리창 너머로 보이는 식당 내부는 일본 어느 도시에서 보았던 주점 분위기와 닮았다. 조화로 된 벚꽃 나무가 천정을 풍성하게 뒤덮었다. 장식장에는 사케병이 빼곡하게 진열되었고 카운터 한쪽에는 손짓하는 고양이 인형이 앉아 있다. 어디서나 볼 수 있는 평범한 일본식 인테리어다. 특별한 것은 없어도 내부는 깔끔해 보인다. 오픈 주방으로 되어 있지만 길게 늘어뜨린 가림막 아래로 주방장의 손놀림만 이따금씩 보였다. 출입구가 좁은 데다 통유리가 아니어서 내부 구석까지 보이지는 않았다. 테이블이 몇 개쯤 있는지 손님은 많은지 정확히 알 수 없지만, 대기자 명단이 있는 것으로 보아 기다려서 먹을 만큼 맛집인가 짐작되었다.

외관은 낡은 통나무였고, 살짝 벗겨진 나뭇결에서 전통 있는 식당처럼 세월의 흔적이 느껴졌다. 나는 이런 노포 느낌이 정감 간다. 식당을 지나갈 때마다 한 번쯤 혼자 와서 술 한잔 하고 싶다는 생각을 했다. 하지만 선뜻 용기가 나지 않았다.

강원도에서 서울로 이사왔을 때 나에게 낯선 광경이 있었다. 일반 식당에서 여자 손님이 혼자 식사 중에 반주飯酒를 곁들이는 모습이었다. 이 장면은 시간 관계없이 자주 눈에 띄었고, 남을 의식하지 않는 그녀들의 행동은 자연스러워 보였다. 그들에게 관심을 갖는 이들도 없었다. 나만이 곁눈질하며 흘끔거렸다. 지금까지 나의 사고방식으로는 상상조차 할 수 없는 일이었다. 서울 사람들은 남의 일에 무관심하다더니 정말 그래보였다. 그동안 살았던 어떤 지역보다 남의 일에 시시콜콜 간섭하지 않는 이곳이 내가 살기에는 더없이 편하고 좋았다.

비 오는 날이면 고향의 소박한 막걸리집이 생각난다. 친구와 파전 한 접시에 양은잔을 부딪히며, 허물없이 살아가는 이야기를 나누던 시절이 그립다. 하지만 나는 서울에 친구가 없다. 지인들이 있어도 딱히 불러낼 처지는 못된다. 그들은 그다지 술자리를 좋아하지 않고, 바쁜 일상으로 미리 약속하지 않으면 만나기도 어렵다.

비 내리는 날 혼자 외출했다. 집에 있기는 싫고, 동네 한 바퀴 도는데 마침 초밥집이 눈에 들어왔다. 얼른 시계를 보니 5분만 기다리면 브레이크 타임도 끝난다. 그동안 벼르기만 했는데 이번에 가보자는 생각이 스쳤다. 무슨 일이든 처음이 어렵지 용기내어 한번 저지르면 그 다음은 쉽다고 했다.

식당 문을 조심스럽게 열었다. 저녁 먹기에는 이른 시간이지만 나로서는 남의 눈이 없는 이 시간이 좋았다. 식당 내부는 창문 너머로 보던 것보다 훨씬 넓었다. 혼자니까 구석 자리에 앉아야 하나 고민하는데, 점원이 편한 자리에 앉아도 된다고 했다. 비가 내리는 날에는 아무래도 창가 쪽이 운치가 있다. 양해를 구하고 창가에 자리를 잡았다. 메뉴판을 정독하듯이 천천히 들여다봤다. 메뉴가 다양한 것이 마음에 들었다.

우선 회덮밥을 주문해놓고, 다음에 와서는 무엇을 먹을까 꼼꼼하게 메뉴를 살폈다. 그러다가 주류에서 멈췄다. 반주를 곁들여야 했다. 나는 자연스럽게 맥주 한 병을 주문했다.

회덮밥이 푸짐했다. 신선하고 다양한 채소는 정갈했고, 그 위에 얹은 도톰한 회에서 싱싱함이 느껴졌다. 서비스로 나온 따뜻한 우동은 비 오는 날과 잘 어울렸다. 거기에 맥주까지 곁들이니 그야말로 최고의 궁합이었다. 화려하고 값비싼 요리도 아닌데 나는 이 식사가 무척이나 마음에 들었다. 나만을 위한 최고의 밥상이라고나 할까. 이런 행복한 시간을 지금까지 가져보지 못한 것이 아쉬웠다.

불과 몇 년 전까지만 해도 어딜 가나 주문은 '2인 이상'이라야 했다. 특히 고깃집이나 횟집은 혼자서 갈 엄두조차 낼 수 없었다. 요즘은 웬만한 식당에서 '1인 식사 가능'이란 문구를 입구에 붙여놨다. 메뉴판에도 1인 메뉴가 있어서 당당히 주문할 수 있다. 식당에서 내 돈 주고 먹으면서도 혼자라서 매번 눈치를 봤는데 이제 음식문화도 많이 바뀌었다.

우리나라 1인 가구 수가 600만 명 시대에 이르렀다. '혼족(나홀로족)'이라는 신조어가 만들어지면서 '혼밥(혼자 밥 먹기), 혼술(혼자 술 마시기), 혼영(혼자 영화 보기)'이란 말이 자연스럽게 입에 감긴다. 카페나 식당마다 1인용 테이블이 세팅되는 것도 혼족들을 위해 새롭게 변화되는 현상이라 볼 수 있다. 남편과 둘이 사는 나는 1인 가구는 아니지만, 남편의 직업 특성상 혼자 생활하는 시간이 많아 1인을 위한 사회변화가 반갑기만 하다.

혼족이 늘어감에 따라 그들을 위한 규범도 만들어지고, 기업들도 1인 가구에 중점을 두고 마케팅 전략을 달리하고 있다. 이런 사회 분위기에 따라 나는 혼자서 활동하는 것에 익숙해지고 있다. 이제는 혼자여도 외롭지 않고, 때로는 혼자라서 마음이 편할 때가 더 많다. 살면서 나에게 이런 날이 올 줄은 몰랐다. 1인을 위한 즐길거리가 앞으로 더욱 많아진다는 소식이 들릴 때마다 시대를 잘 만났다고 생각한다.

회덮밥 한 그릇과 맥주 한 병을 시켜놓고 벌써부터 취기에 젖는다. 마냥 행복하다. 처음 시도해본 혼밥이 최고의 만족감을 안겨주었다.

비가 오는 날, 이제는 한잔 생각날 때 친구를 찾지 않는다. 혼자서도 충분히 즐길 수 있는 용기와 그럴 수 있는 나만의 '아지트'가 생겼기 때문이다.

우리는 모른다

"이 정도 먹어서 한 번에 가진 않겠재?"

엄마는 우리를 향해 작은 유리병을 흔들어 보인다. 수면제였다. 매번 이런 식이다. 표정 하나 변하지 않고 그저 침착하다. 엄마의 의도를 알면서도 걸핏하면 저러는 통에 이제는 지겹기까지 하다. 엄마는 나이가 들면서 건강이 점점 나빠지고 회복이 더딘 것을 속상해했다. 당신을 애처롭게 봐달라는 뜻인데, 어쩐지 진심같지 않다. 오히려 상대가 어떤 반응을 보일지 궁금해하는 듯한 표정에 반감마저 든다. 나는 참을성이 많은 편이지만 이번 일은 그냥 흘려버릴 수 없었다.

처음에는 엄마가 가엾고 안타까웠다. 기대고만 살던 남편을 어느 날 갑자기 잃어버리고 마흔일곱에 가장이 되다보니 넉넉하지 못한 살림에 자식들 건사하며 긴 세월을 살면서 억척만 늘어갔다. 이제는 자식들과 옛이야기하며 살았으면 좋겠는데 엄마는 매번 불만이고 매일 우울하다. 툭하면 살기 싫다는 말만 되풀이한다. 빤한 엄마의 레퍼토리에 무뎌질 만도 한데 그날은 나도 예민했나보다.

"니는 나를 좀 이해하는 것 같아서 묻는데, 너거 언니들은 왜 내가 별나다고 하노?"

이번에도 엄마의 돌직구에 나는 당황했다. 엄마는 서운해했지만 언니들 말도 부정할 수는 없었다. 그렇다고 엄마에게 우리 마음을 솔직하게 보여줄 수도 없다. 아무리 좋게 말해도 엄마는 엄마 식으로 해석할 게 뻔하다. 그나마 내가 거짓말을 못하는 걸 알기에 솔직한 대답을 바라는 것 같았다. 나는 이번이 솔직한 대화를 나눌 적기라고 생각했다.

"엄마, 이제 좀 고마해라. 맨날 똑같은 말 지겹지도 않나?"

어렸을 때 나는 엄마가 무서웠다. 엄마 틀에 맞게 행동하고, 강제적으로 공부시키는 것이 싫었다. 우리에게는 한 톨의 자유도 없었고 하다못해 자세라도 흐트러지면 눈물이 쏙 빠지게 혼이 났다. 나는 자유가 필요했던 우리들의 이야기를 엄마한테 담담하게 말해주었다.

"그때는 내가 욕심이 많았다. 심했다는 거 알고 있다."

엄마 목소리가 한풀 꺾이는 듯했다.

엄마는 열아홉에 지인의 소개로 결혼했다. 딸만 내리 다섯을 낳고, 아들 욕심에 여섯째까지 낳고 싶었지만 아빠의 사업이 부도나고, 외할머니까지 모셔야 했기에 자식을 더 낳을 수는 없었다. 아들 못 낳은 것도 한이 되는데 남편 사업이 부도까지 나서 인생 낙오자가 된 것 같다고 여러 번 말했다.

엄마는 어릴 때 공부를 잘했는데도 가정형편이 좋지 못해서 학교를 오래 다니지 못했다. 그 결핍을 자식한테 채우려 했다. 방학에도 새벽에 깨워서 공부시키고, 시험을 못 치면 매를 들었다. 한 번도 스스로 공부하게 놔두지 못했던 것 같다. 강하고 독하게만 대했지 안아주는 법을 몰랐다.

엄마가 정신없이 사는 동안 엄마 친구들은 아들 낳고, 사업도 승승장구했다. 비교가 될수록 속상해서 병이 날 지경이었다. 다시 일어서야겠다는 오기가 생겼지만 어느 것 하나 마음대로 되지 않았다. 가슴 속에 울분만 가득찼다. 쥐고 있는 것 하나라도 놓치지 않겠다는 욕심에 딸들을 당신 기준에 맞춰 더 옭아맸다. 엄마의 집착으로 평생 우리는 속박당하며 살았다. 가족에게서 위안받기 위한 엄마의 고백은 마치 고해성사처럼 들렸다.

"그런데 우짜노. 세월은 이미 흘렀고, 그때는 그럴 수밖에 없었는데. 그냥 넘어가야지, 그걸 지금 와서 꼬치꼬치 따지고 대들고 그라노. 너것들은 이래 살아온 내가 별나보이나? 이게 별난기가? 불쌍한 거 아이가? 말 좀 해봐라."

엄마는 다시 본래 엄마로 돌아온 건가. 점점 말이 빨라지고 따지는 듯한 말투다. 말꼬리를 물고 반복해서 묻고 늘어진다. 좀 전의 고백은 어디로 사라지고 목소리와 표정이 심술로 가득하다. 당신 탓이 아니라 시절이 그랬다는 푸념으로 덮어버리고 대화를 일방적으로 끝내려고 했다. 그런데 오늘은 평소와 다른 느낌이다. 편한 자식이라 해도 당신의 치부는 사는 동안 꺼낼 것 같지 않았던 엄마다. 이제라도 막내가 그 마음을 알아주길 바라고 한 말일까. 지금까지 엄마가 자존심 하나로 버텨왔다고 믿었는데, 그것도 아니었나보다. 내 마음이 흔들린다. 엄마 손을 꼭 끌어잡았다.

"근데 내 더 늙어서 병들면 니랑 살아도 되재?"

전혀 생각지 못한 질문이 달라붙었다. 일순 엄마한테 기울던 모든 생각이 날아가버렸다. 그저 마음을 떠보려고 하는 말인지, 진심으로 하는 말인지 알 수 없었다. 나는 엄마 얼굴을 바라보았다. 바로 그러자고 답할 수 없어 미안했다. 이런 내가 싫었다.

엄마와 손을 잡고 걸었다. 엄마는 낙엽 밟는 소리가 좋다며 애써 꾹꾹 밟았다. 어색한 침묵 속에 마른 낙엽 밟는 소리가 유난히 크게 들렸다.

허공에 날리던 낙엽이 툭툭 말 걸듯 엄마의 어깨 위로 떨어진다.

힘 빼세요

피아노 연주가 리차드 클레이더만Richard Clayderman은 내가 스무 살에 만난 최고의 피아니스트이며, 첫사랑이다. 피아노와 마주한 그는 지그시 눈을 감고 손끝으로 건반을 살짝 쓰다듬는다. 리듬을 타고 끄덕거리는 고갯짓, 건반 왼쪽 끝에서부터 시작해 오른쪽 건반이 끝날 때까지 미끄러지듯 훑어 올라가는 손가락 끝이 현란하다. 피아노 속으로 고꾸라지질 듯 말 듯 몸짓은 춤을 추는 것만 같다. 어깨도 엉덩이도 한 번씩 들썩거린다. 건반을 거침없이 제압하다가도 섬세하고 부드러운 터치로 사르르 녹인다. 그의 연주에는 아련하게 솟구치는 설렘이 있다. 그것은 어김없이 눈물을 자아내게 했다.

20년 전 피아노를 배웠다. 시작한 지 1년쯤 지나 기초를 통과하고, 발표회도 한 번 가졌다. 이제는 과감히 연주할 일만 남았다. 건반에 살포시 손을 올렸다. 심장이 바짝 타들어가는 듯했다. 심호흡을 한 번하고, 차갑고 매끄러운 건반의 감촉을 느낀다. 그래, 리차드처럼 자연스럽게 흐름을 타면 된다. 왼쪽 건반에서 오른쪽으로 춤추듯 어깨를 흔들며 손가락을 현란하게 움직였다.

"피아노를 어깨로 치나요? 날아가겠네. 힘 좀 빼세요."

무슨 말씀인가, 이 정도 멋은 좀 있어야지 않나, 선생님의 말씀이 섭섭했다.

일상생활을 하다보면 어깨에 힘을 주는 경우가 있다. 어깨와 관련된 표현도 많다. 긴장된 상태일 때는 갑옷을 입은 것처럼 어깨가 뻣뻣해지고, 마음에 부담이 클 때는 어깨에 곰 한 마리 업었다고도 한다. 반대로 마음이 홀가분해지면 어깨가 날아갈 듯이 상쾌하다. 기분이 좋으면 '으쓱'하며 어깨가 저절로 가볍게 올라가고, 기가 죽으면 매 맞은 강아지 꼬리처럼 어깨가 축 처진다고도 한다.

내가 생각하기에 꼴불견인 어깨는 허세를 부리고 거만을 떨 때다. 그들의 어깨는 하늘을 찌를 듯이 힘이 들어가 어깨 뽕을 넣었나 싶을 정도다. 지위가 높아지고 유명세를 타면 사람들은 권위를 내세우며 점점 몸이 꼿꼿해지는 것 같았다. 자신의 명성이 알려질수록 어깨를 낮춰 겸손함을 보이면 좋을 텐데, 그런 모습은 잘 찾아보기 힘들다. 가끔 그들이 겸손한 자세로 웃음을 보일 때도 있지만 나에게는 그것조차 어깨의 뽕만큼 가식으로 보일 뿐 그리 와닿지는 않는다.

2년 전부터 글쓰기를 시작했다. 글쓰기의 멋을 알고 싶었다. 내 감정인데도 진정성을 담아 표현한다는 것은 생각보다 어려웠다. 시간이 지나면 잘 되겠지, 스스로 위로도 해봤지만 시간의 흐름과는 관계 없는 것이 글쓰기였다. 마음에 부담은 커져만 가고, 어딜 가나 글감 찾는 일이 일상이 되었지만 특별한 글감도 없다. 머리는 글감을 가지고 놀 궁리로 하루도 쉬지 않았고 글이 써지지 않으면 자존감이 무너지고 기가 죽었다.

겨우 완성한 글이라도 선생님께 보여드릴 때면 고개를 들지 못했다. 나의 글인 만큼 책임을 져야 한다는데, 늘 부족한 글이란 생각을 떨칠 수가 없다.

"글 쓸 때는 어깨에 힘 빼고."

들킨 걸까, 부끄러웠다. 마음에 드는 글을 필사할 때면 나도 이처럼 잘 쓰고 싶은 바람이 간절했다. 이 글이 내 것이었으면 하고 욕심이 났고 잘 써야 한다는 압박감이 어깨를 짓눌렀다. 나만의 문장을 만들어 독자들의 공감을 얻고 싶다는 바람으로, 좋은 문장을 여기저기서 뽑아와 그럴듯한 흉내를 내보기도 했다. 선생님은 기본도 모르면서 꾀만 부린 나의 속셈을 단박에 찾아내곤 했다.

그때 선생님은 내게 어깨에 힘을 빼라고 했다. 이 말이 어떤 의미를 지녔는지 어렴풋이나마 짐작해본다.

나는 피아노를 연주할 때, 늘 긴장의 연속이었다. 매일 5시간씩 연습해도 건반 앞에서는 어깨를 제대로 펼 수가 없었다. 글을 쓰고 있는 지금, 수없이 고민을 해도 한 줄의 흡족한 문장을 남기지 못할 때가 많다. 그럴 때면 서둘러 타고난 재능이 없어서라고 나를 탓했다. 재능이 뛰어난 사람들은 하늘에서 내려준 것처럼 느껴졌다. 피아니스트는 피아노 앞에서, 작가는 글 속에서 그들만의 세계를 마음껏 펼쳐보였다. 높이 솟아 있는 그들의 어깨는 삶의 가치에 품격이 더해진 것 같았다. 그저 부럽기만 했다. 나는 점점 작아지고 이쯤에서 그만둘까, 수없이 고민도 했다. 하지만 정작 손을 놓으면 이상하게도 불안하고 두려움이 밀려들었다. 갈팡질팡하는 사이 남들보다 그만큼 뒤처지며 내 어깨는 양쪽 높이가 맞지 않고, 한 뼘쯤 더 내려앉은 것 같기도 했다.

선생님이 말한 내 어깨에 나는 얼마나 자신할 수 있을까.

일본 소설가 히가시노 게이고는 『녹나무 파수꾼』에서 "기죽을 필요 없다. '나는 이 자리에 서는 게 당연한 사람이다'이니 당당하게 나가면 된다. 다만 허세를 부리면 안 된다. 인간이란 허세를 부리는 사람보다 그런 게 없는 사람을 더 두려워하는 법이니까. 어디까지나 자연스럽게…"라는 문장을 베껴본다.

욕심 없이 산다는 것은 생각만큼 쉬운 일이 아니었다. 그것을 버렸다고 해도 어느 틈으론가 비집고 나와 부끄럽게 치장을 하고 감쪽같이 가면을 씌웠다. 깜빡하는 순간 벌어진 틈 사이로 고개를 쑥 내미는 것이다.

비우면 또 채워지고 하는 무한반복의 일이겠지만 사는 동안 꾸준히 시도해보련다. 사람은 무슨 생각을 하고 사느냐에 따라 어떤 사람이 되는지 결정이 난다고 한다. 나에게도 언젠가 어깨에 힘줄 날이 올 것이다. 최고가 되었을 때 줄 수 있는 힘. 그때도 힘을 줄 게 아니라 지금까지 웅크리고 있던 어깨를 쫙 펴고, 늘어지게 기지개라도 한 번 켜줘야 하지 않을까. 힘줄 때보다는 뺄 때가 기지개는 시원하게 잘 켜진다고 했다. 그때까진 무조건, 연습이다.

마당 넓은 집

강원도 양구 봉화산 산책길 끝자락에 마당 넓은 집이 있다. 잘 정돈된 잔디와 아담하게 자란 정원수가 마음을 끌어당기는 아늑한 집이다.

이곳은 가족을 잃은 아이들을 위해 가정과 같은 환경에서 보호하고 양육하는 '아동그룹홈'이다. 집단 보호시설과 달리 단독주택이나 아파트에서 생활하기 때문에 선생님들과 아이들은 한가족처럼 단란하게 지낸다. 8년 전 이곳에서 사회복지사로 일하면서 서로 이해하고 감싸주는 가족들을 보며 마음이 따뜻했다. 일을 그만둔 뒤에도 가끔 찾아가면 한결같이 반갑게 맞아주었다. 그 마음으로 인연이 되어 지금까지 온 것 같다.

처음 그곳에 갔을 때 다섯 명의 여자아이가 있었다. 나는 아이들에게 밥도 해먹이고, 놀이도 하고 공부도 시키면서 함께 보냈다. 아이들은 나를 졸졸 따라다니며 '이모'라 불렀고 재롱도 떨었다. 원장님이 세미나에 갈 때면 나는 퇴근하지 않고, 아이들과 놀아주며 잠도 같이 잤다.

올망졸망한 아이들은 사이가 좋았다. 어쩌다 티격태격 다투나 싶어도 금방 화해했다. 훈계가 필요 없었다. 제일 큰 아이는 고3이었는데, 집안일을 도우며 동생들을 보살폈다. 대학생이 되어서도 주말마다 들어와 맏언니 역할을 해주었다. 막내는 똑똑하고 뭐든 스스로 해결했다. 학업 성적도 우수해 장학금은 물론 교내에서 주는 상도 거의 혼자서 휩쓸었다.

원장님은 아이들의 심리적 안정에 특별히 신경쓴다고 했다. 부모로부터 상처받은 아이들이라 정서적으로 늘 불안해보인다는 것이다. 나는 아이들 마음이 다치지 않도록 진심으로 다가갔다.

아이들은 매주 한 번씩 미술심리치료를 받았다. 미술심리치료는 미술활동을 자유롭게 하면서 심리나 정서를 완화시키고, 누구에게나 친숙하고 편안한 활동이어서 상담사가 진단하는 데 수월하다. 미술활동을 좋아하는 아이들은 이날을 기다렸다.

이번 상담 주제는 '가족'이었다. 미술활동이 끝나고, 상담사는 나에게 막내 그림 한 장을 내밀었다. 깔끔한 밑그림에 섬세한 색칠이 아이의 성격을 말해주는 듯했다. 제목은 '버섯 가족'이었는데, 커다란 버섯 모양의 집을 가운데 그려넣고, 오른쪽 위에 있는 예쁜 어른 버섯 팔에 아이 버섯이 매달려 있었다. 얼핏 봐도 원장님과 막내 같았다. 귀여움을 독차지하고 싶었던 걸까, 다른 자매들은 그리지 않았다. 다만 왼쪽 구석에 어른 버섯 하나가 더 있었다. 나는 그 버섯이 누구인지 알 것 같았다. 아무리 원장님의 사랑이 넘쳐도 막내는 세 살 때 헤어진 엄마 품이 그리웠을 것이다.

에리히 프롬은 '탯줄이 끊어지는 것은 어머니의 육체로부터 명백한 독립을 나타내지만 이러한 독립은 단지 두 육체가 분리되었다는 소박한 의미에서일 뿐, 아이는 여전히 어머니의 일부'라고 했다. 그렇기에 아이는 어머니의 보호 속에서 충분한 사랑을 받으며 성장해야 한다는 것이다. 육체적, 심리적으로 안정된 보호를 받은 아이는 점진적으로 어머니와 자신이 분리된 실체라는 것을 인식하고, 자연스럽게 독립적인 자아를 갖는다. 하지만 이곳 아이들처럼 강제적으로 어머니와 분리되면 어른이 되어서도 심리적 불안을 떨치지 못한다.

내가 상담사의 설명을 듣는 동안에도 아이들은 신나게 뛰어놀았다. 막내도 가슴에 숨겨둔 엄마를 잊은 것처럼 해맑았다. 상담을 마치고 집에 도착했을 때 막내는 맨 먼저 원장님한테로 달려가 안겼다. 그림 속 두 사람은 원장님하고 자기라면서 뽀뽀까지 하며 사랑한단다. 그런데 그림을 보는 원장님 표정이 어두워보였다. 막내는 이곳에 와서 단 한 번도 엄마에 대한 속내를 비친 적이 없었고, 오히려 오래오래 이곳에 살고 싶어했다. 원장님은 아이를 따뜻하게 끌어안았다.

아이를 맡긴 부모들은 언제 데리러 오겠다는 약속은 하지 않았다. 겨우 적응하는가 싶으면 어느 날 갑자기 찾아와 데려갔다. 한 번도 만나러 오지 않고 이유도 없이 연락을 끊어버리는 부모도 있었다. 이도 저도 아이들에게는 상처였다.

내가 근무할 당시만 해도 명절이나 어린이날에 특별히 찾아오는 이가 없었다. 가끔 단체나 기관에서 물품전달식을 하고 사진 찍고 가면 그만이었다. 관심 있는 사람들의 왕래가 필요했지만 형식적인 그들의 행동은 마뜩잖았다. 아이들을 더 가엾게 만드는 건 결국 그런 어른들이라는 생각이 들었다.

몇 년 전 맏이는 성인이 되어 자립해 나갔다. 이제는 고등학생이 된 막내가 어린 동생들을 돌보게 되었다. 학교에서 우등생으로 선정되어 외국으로 어학연수를 다녀왔다고 나를 보자마자 자랑했다. 어릴 때부터 야무지게 공부하더니 좋은 결과를 얻어 나도 기뻤다. 이번 계기로 막내는 아마 더 큰 미래를 설계 중일 것이다.

지금도 마당 넓은 집에 들어서면 꼬마들은 어디에선가 놀다가 어김없이 여기저기에서 튀어나온다. 나는 아이들을 향해 양팔을 크게 벌린다. '이모'라고 부르며 누가 먼저랄 것 없이 뛰어온다. 우리는 잔디밭을 뛰어다니며 장난친다. 그럴 때면 아이들의 웃음소리 따라 마당가에 줄지어 핀 꽃들이 마구마구 흔들렸다. 덩달아 앞산도 둥둥둥 북을 쳐주는 것 같았다.

언어는 삶의 길이다

한복용/ 문학평론가, 수필가

자신만의 문채文彩를 만들며 단단하게 서기

수필은 언어로 표현된 수필가이다. 수필이 곧 작가이기 때문이다. 우리가 사용하는 언어는 사용자의 사고방식과 닿아 있으며 같은 대상을 보고도 그만의 느낌으로 표현하고, 미묘한 차이를 문자로 표출한다. 수필도 시나 소설처럼 표현수단을 언어로 삼아야 하기에 수필가는 한 편의 수필을 쓰면서 고뇌한다. 고백과 성찰 사이에서 또 다시 고뇌하고 그 고뇌의 씨앗이 수필로 태어난다.

한 권의 수필집은 그래서 귀하다. 작가가 살아온 고뇌의 시간이 담겨 있기 때문이다. 겉으로 보기에는 치장이 있겠으나, 작품의 정수에는 그가 살면서 경험한 세계를 자신만의 문채文彩로써 드러낸다. 그래서 한 수필가의 작품을 만나는 것은 쉽지만, 작품을 평하는 것은 늘 조심스럽다. 호평好評도 혹평酷評도 가능하나 작가의 의도를 오인하는 평론은 평자의 무지를 드러내는 것이면서 작가에 대한 결례이다. 반면 애매모호한 글은 독자에 대한 소홀함이며 평자를 오독으로 유인한다.

박효진 수필의 발견은 이런 점에서 반갑다. 기법이 단순하고 깔끔하며 따뜻한 내면의 세계를 보여주기에 작품에 대한 접근이 쉽다. 게다가 인간의 마음을 움직이는 순수한 고백, 예를 들자면 「욕심의 대가」, 「술이 좋을 뿐」 같은 작품은 독특하다. 자신에게 닥친 일을 최선을 다해 해결하려는 문장(「엄마가 될 뻔했지」, 「작가와 도둑」, 「비밀통장」)은 독자의 공감을 일으킨다. 나는 박효진이 습작을 많이 한다고 알고 있다. 그것은 2019년에 등단해 지금까지 90여 편의 수필을 완성한 것으로 증명된다. 그 중 45편을 첫 수필집 『너의 이름은』에 실었다.

많은 수필가들이 이미 여러 곳에 발표한 글들을 묶어 수필집을 출간하는 데 비해 박효진은 미발표 작품이 60퍼센트를 넘는다. 신인으로서 발표할 지면이 많지 않았겠지만 그보다는 습작에 정진했다는 쪽이 맞겠다. 신인이기에 새로운 세계에 대한 도전이 녹록지 않았을 텐데도 멈추지 않고 자신의 목표를 향해 달려온 작가에게 첫 수필집은 역작일 수밖에 없다. 세계를 바라보는 시선이 다소 정립되지 않았다 할지라도 그가 추구하는 세계는 현재에 머물지 않을 것이기에 가능성은 언제, 어디서든 열려 있다.

이번 수필집에서 두드러지는 부분은 목차의 전체적 구성을 떠나 가족 이야기, 여행 이야기, 음식 이야기, 문장력이 살려낸 재미있는 이야기 등이다. '가족 이야기'는 등장인물 하나하나를 특색 있게 살려 인물들끼리 이야기를 끌어가도록 풀어놓는다. '여행 이야기'는 가족과 친구 등 타인과의 여행을 넘어, 언제부턴가 혼자 하는 여행을 즐긴다는 고백과 함께, 마음이 흔들 때마다 결혼 전 정해놓았던 약속처럼 가방을 싸서 떠나는 여정인데, 길을 잃기도 하고 통쾌하게 싸움을 벌이기도 하여, 한편으로는 애틋하기조차 한 박효진의 '자아 찾기'를 엿볼 수 있다. '음식 이야기'는 그 음식의 맛을 글로써 알 수 있을 만큼 맛깔난 문장을 쓰고 있는데, 상황에 따른 묘사의 힘이 남다르다. 마지막으로 '문장력이 살려낸 재미있는 이야기'들이 있다. 그의 문장은 퇴고의 흔적이 역력하다. 비문이 드물고 단문이면서도 단절이 없고 유연하게 전개된다. 불필요한 부사나 형용사가 없는데, 그래서 문장에 건조함이 없지 않지만 독자의 감동을 끌어낼 수 있는 그만의 특징을 엿볼 수 있다. 복잡하고 다단하며 고단했던 삶의 여정을 담백하고도 가감 없이 드러내는 것에서는 박효진의 '끈기'가 느껴진다.

생존을 향한 투쟁기

수필가들의 첫 수필집이 대개 '나'와 '가족', '친지' 이야기로 꾸며지듯이, 박효진도 예외는 아니다. 딸 다섯을 둔 어머니는 남편과 사별한 뒤에 생활전선으로 뛰어드는데, 어머니의 전투력에서 삶을 향한 안간힘이 발견된다. 한 여성의 억척스러운 생은 「400만 원의 이자」에서 여실히 드러난다. 갑자기 남편이 떠난 뒤, 일주일쯤 앓아누웠던

'엄마'는 어느 날 저녁에 딸 다섯을 불러 모은다. "아빠가 짧은 시간 동안 사업을 아주 깨끗하게 정리했대이. 물건이며 가게까지 다 팔고 갔다. 그리고 이 통장은 우리 집 전 재산이다. 빚 없는 게 다행이다카이." 통장은 하나뿐이었고 "우리는 상속자가 된 듯 기분이 들떴"지만 확인된 통장의 잔고는 '달랑' 4백만 원이었다. 어린 딸 다섯을 남기고 떠난 남편이자 아버지는 빚을 정리하느라 남은 가족에게는 전셋집과 4백만 원이 담긴 통장만을 남겼다. 궂은 일 한번 한 적 없는 '엄마'는 돈가스 가게를 열었고 영업은 호황이지만 밥을 먹고 튀는 손님에다가 외상술을 먹는 손님까지 조용할 날이 없다.

"눈발이 수없이 날리던 날" 경찰서로 달려간 다섯 딸은 술에 취한 아저씨의 멱살을 잡고 있는 '엄마'를 보며 놀란다. 돈을 내지 않고 도망가려는 걸 잡아 경찰서에 끌고 갔다는데, 엄마의 "피 같은 돈"을 겁도 없이 떼먹으려 한 아저씨에게 '겁도 없이' 막무가내로 덤벼드는 엄마를 설득해 집으로 향하는 딸들의 마음이 착잡하다. "엄마는 쓰러져가는 집을 살리려고 홀로 세상과 싸우고 계셨다." "눈물을 삼키면서 언니와 나는 엄마의 팔짱을 양쪽에서 끼고 발이 눈 속에 묻히도록 꾹꾹 밟으며" 걸었다. 어떻게 봐도 험한 세상을 살아가는 어머니의 방식은 딸들에게 아픔이다. 그래서 '나'의 다짐은 "발이 눈 속에 묻히도록 꾹꾹 밟"듯 단단해진다.

억척스러운 엄마는 아버지가 남긴 4백만 원을 불려 집을 마련한다. 딸들에게 주소를 적은 쪽지를 쥐어주는 엄마는 이제야 홀가분해져 새끼들과 '새 둥지'에서 짜장면을 먹는다. "400만 원에 붙어온 이자는 엄마의 고된 피땀"으로 만든 '우리 집'이다. 어머니는 뜻하지 않게 가장이 되었고 가장으로서 확고했다. 가장이 확고한 가족에게는 다른 곳에서 찾아보기 힘든 평화가 깃드는 법, 작가의 가족은 어머니의 용기 덕분에 나락으로 떨어지지 않았다.

박효진의 가족 이야기는 좀 더 세밀하게 전개된다. 아픈 큰언니 이야기(「무지개 그녀」)와 집안의 든든한 지원군이 돼준 둘째형부 이야기(「회춘한 오케이맨」) 등은 아버지가 떠난 뒤 모계사회로 재편된 작가의 가족을 잘 보여준다. 딸 다섯의 씨줄 같은 삶을 보듬어야 할 날줄의 어머니는 보통사람들의 이야기와는 다른 결로 '시한폭탄' 같아서 때로는 씨줄인 딸들이 중심을 잡아야 하니 그 모습들을 리얼하게 드러내면서 작품은 풍성해진다.

「그에게로 가는 길」은 군인인 남편의 갑작스런 발령으로 주말부부가 된 이야기이다. 매주 금요일, 근무지 때문에 서울 집을 떠나 경기도 광주에 살고 있는 남편에게 가는, 작가의 주말 여정은 부부가 살아가는 이유를 담았다. 2년 정도 떨어져 지내기로 한 부부는 처음에는 새로운 환경에 신이 났지만 점점 불편해진다. 한밤중에 외롭다며 달려오는 남편과 그런 남편을 보고 놀라는 작가가 대치對峙하면서 서서히 각자의 생활에 익숙해지고 자리를 잡아간다. '나'는 안다. 표는 내지 않지만 '그곳'에서의 남편의 생활이 그저 즐겁지만은 않다는 사실을. "조금씩 야물어가는 서로를 확인하는 한 주가 기다려지고 돌아오는 다음 주를 계획"하며 "우리가 월요일에 헤어지는 일은 그곳을 떠나는 것이 아닌, 왔던 곳으로 다시 돌아가는, 그 행위일 뿐이라"고 담담하게 말하는 화자의 독백은 '깨달음'이다.

아이가 없는 동갑인 부부는 평소 친구처럼 지낸다. 때론 그래서 좋고 어떤 땐 그래서 불편하기도 하다. 부부란 곁에 없으면 아쉽고 가까이 있으면 손이 많이 가는 존재로, 이것은 인류가 생존하는 한 달라지지 않을 사실이다. 「망가진 부츠」는 남편이 구두 닦는 일에 집착해 멀쩡한 새 부츠를 망가뜨린 이야기이다. 앞코가 까진 새 부츠를 고친다고 할 때부터 화자의 불안은 시작된다. '나'는 불안을 무마하려고 싱크대를 정리하지만 결국 '남편'의 구두 수선은 실패작으로 끝난다. 커다란 얼룩을 남긴 부츠를 보면서 작가의 화가 폭발했고 남편의 얼굴은 흑색이 된다. 다음날 출근한 남편은 아내에게 부츠를 새로 사라며 30만 원을 송금하는데, 화자는 부츠를 새로 샀는지에 대해 적지 않았다. 그것은 독자의 자유로운 상상력이 풀어야 할 몫이다.

박효진의 등단작 「양구 맨해튼을 아시나요」의 한 구절이다. "짜장면을 배달시키고 창밖으로 양구읍내를 내려다봤다. 저녁 7시가 넘었는데도 밖은 대낮처럼 환했다. 낮에 보았던 읍내의 모습과는 완전히 달랐다. 오히려 낮보다 활력이 넘쳤다." 군인과 결혼한 박효진은 시골동네에 살면서 절약 끝에 아파트를 장만하여 시내로 이사한다. 이삿날 퇴근해 들어올 남편을 기다리며 양구의 야경을 감상하는 장면을 그렸다. "먼 산 중턱에 반짝이는 가로등과 양구에서 야심차게 만들었다는 강변 다리에는 각양각색의 불빛이 화려함을 더 했다. 가게마다 네온사인이 번쩍이고 터미널 버스에서는 군인들이 오르내렸다. (…) 거실 불을 꺼두었는데도 전혀 어둠이 느껴지지 않았다. 빈 집에 혼자 있다는 것도 잊었다. 한참 동안 시내를 내려다보던 나는, 대도시에 살 때도 느끼지 못했던 빛의 아름다움에 놀라 양구읍내 야경을 감탄하며 즐기고 있었다. '양구읍내의 밤은 맨해튼의 밤보다 아름답다.' 나도 모르게 입안말로 중얼거렸다"는 이 글의 제목에서 예상했던 대로 양구의 야경을 미국 맨해튼의 밤거리와 비교하며 상상하는 대목이다. 박효진은 맨해튼을 가본 적이 없다. 하지만 그곳인 양 "시간 가는 줄 모르고" 맨해튼의 밤거리를 콧노래를 부르며 상상한다. 작은 읍내 양구에 살면서 큰 도시에 살고 싶은 작가의 욕망, 그러나 그 욕망이 당장은 실현될 수 없기에 TV에서나 봤던 맨해튼을 상상했고 양구가 맨해튼보다 더 아름답다는 찬사를 보내며 현실을 미화한다. 그는 어머니를 비롯한 가족, 자신이 살고 있는 곳 등에 대한 찬사의 의무를 갖고 살아간다. 그런 찬사를 통해 자신의 정체성을 유지한다.

강박관념이 만들어낸 여행

작가에게 여행은 또 다른 글감찾기의 모색이다. 수필이 경험의 문학이다 보니 경험의 한계는 작품의 한계가 된다. 하여 음악회장에 앉아 있고 전시회를 가며 때로는 여행을 떠난다. 이는 영감을 통해 작품으로 연결되기에 필수적이다. 이것은 비단 수필가뿐 아니라 그런 분야에 관심이 있는 누구에게나 해당된다. 수필가는 그 안에서 낯설음을 발견해야 글감으로 가져올 수 있다. 작품 속 박효진이 선택한 여행은 단순한 일상에서 벗어나고자 했을 뿐, 흥미롭지는 않다. 다시 말해 떠난다는 의미 이상으로 특별하게 발견되는 것이 그의 여행기에는 없다. 꼭 여행지가 아니어도 일어날 수 있는 에피소드는 그래서 재미없다. 박효진의 여행은 자신의 발견을 위한 여정이 아닌 친정가족과의 여행, 남편과의 여행, 친구와의 여행 등으로 가보지 않은 곳으로 가는 것, 그 이상도 이하도 아니다. 그렇기에 이런 여행에서는 통 낯설음이 다가오지 않는다. 작가의 경험은 독자의 상상력으로 이어지기에 작품 속 사건은 그래서 중요하다.

혼자 하는 여행은 어떨까. 박효진은 글을 쓰기 시작하면서 누구의 방해도 없이 혼자 하는 여행을 기다렸는지도 모른다. 「홀로 떠나는 여행」은 그 부분을 잘 말해준다. "혼자 하는 시간을 갖게 되면서 내가 원하는 것이 무엇인지 하나씩 알게" 되는 것이다. "살아가는 것이 힘들고 외롭다고만 생각했지 무엇이 나를 행복하게 만드는지를 고민하지" 않았던 그에게 "그것을 발견할 수 있게 해준 것이 홀로 떠나는 여행이었다. 누구의 방해도 없이 생각을 충분히 하고 평소에 하지 못했던 경험을 하면서 자신을 찾아가는 과정이 즐거웠다. 행복은 스스로 찾아나서야 한다는 말을 조금 이해할 수 있었다."

그런데 박효진의 혼자 하는 여행 또한 특별하거나 대단하지 않다.

그저 평범하다. 어떻게 보면 공간만 이동했을 뿐, 그가 살아가는 세계와 크게 다르지 않다. 무엇을 구경하기보다는 모두로부터 벗어나는 일. "문을 닫고 다시 침상에 누웠다. 늘 시간에 쫓겨 분침까지 세며 사는 나에게 이런 건 호사이기 전에 사치라는 생각이 잠깐 들기도 했지만 그것도 잠시, 끌어당긴 시트로 얼굴을 덮으며 나는 잠을 부르고 있었다"(「홀로 떠나는 여행」). 한시도 조용하지 않은 세상에서 잠시라도 혼자가 되고 싶은 바람을 적었다. 이 여행에서 화자는 여행의 의미가 휴식임을 알아차린다. 박효진에게 여행은 쫓기듯 살아온 삶으로부터의 탈출구이며 해방된 지역이다. 어느 순간 그의 여행의 즐거움은 일상으로부터의 탈출이며 좋은 글감을 찾으려는 강박관념이 된다.

우리가 여행하는 중요한 이유는 모든 장애와 불편으로부터 해방되기 위해서 또는 탈출하기 위해서이다. 형제가 남편이 함께하는 여행은 더 이상 자유롭지 못하다. 함께 떠나는 여행은 멈추고 싶을 때 멈출 수 없고 가고 싶을 때 갈 수도 없다. 전시회도 음악회도 혼자 감으로 자유롭고 한 세계를 온전히 받아들일 수 있기에 유익하다. 타인의 시선으로서가 아닌 나만의 시선과 생각으로 대상을 발견하고 주시하는 것이 여행이라면 혼자 떠나는 여행은 그래서 정석이다. 그것은 찬사와 현실의 괴리 속에서 그 괴리를 해소하는 데 적격이다.

박효진은 영화를 보면서 그곳을 동경하고 조금 더 발전해 그리스 여행으로까지 향한다. 그러나 그리스 여행을 위해 남편 몰래 모은 돈을 어느 날 갑자기 집을 구하는 데 털어버린다. 작품 「비밀통장」은 '아내가 건넨 돈이 장모님으로부터 나온 것'으로 알고 있는 남편이 '얼마나마 장모님께 돌려드리라'고 해서 다시 목돈이 되는 과정을 그린다. 종자돈이 생기면 수확은 시간문제이다. 작가는 다시 그 돈을 불려 그리스 여행을 계획한다. 그런데 애당초 계획과 달리 혼자 하는 여행이 아닌, 남편을 데리고 가야겠다는 결심을 한다. 왜 그런 결심을 했는지는 명확하지 않다. 비밀통장의 실체를 고백하고자 하는 것인지, 여직 가상세계에서만 그렸던 그리스 식당에서의 남편과의 근사한 식사를 실행하려는 것인지 그 상상은 독자에게 맡기고 있다. 아마도 그리스 여행을 통해 남편에게서 자유로운 여행을 다짐받으려는 건지도 모르겠다.

생존으로부터 탐미적耽味的 관찰로

어떤 식으로든 하루에 삼시세끼를 꼬박꼬박 챙기는 이가 있는가 하면 한 끼를 먹어도 제대로 된 음식을 준비해 먹는 이가 있다. 둘 중 어느 쪽이 바람직하다고 단정 지을 수는 없다. 그것은 개인의 취향일 뿐이다. 박효진의 글에서 특별하게 발견되는 작품은 음식에 대한 이야기들이다. 먹는 것이 생존과 연결된 행위이다 보니 한 가지 음식을 만들어도 영양가와 식성을 따지지 않을 수 없다. 보통 음식에 관한 글은 읽으면서 그 음식을 먹는 기분까지 들게 할 때가 있는데, 박효진이 음식을 만드는 과정은 묘사가 새로워서 살아 있는 맛을 느끼게 된다. 그래서 박효진의 음식 이야기는 보는 맛과 먹는 맛에 더해 느끼는 맛을 충족시킨다.

식상할 수 있는 술 이야기도 그의 글에서는 끌림이 있다. "한 모금 툭 털어 넣으면 알코올은 목구멍을 타고 내려가면서 막혔던 식도를 시원하게 뻥 뚫어준다. 이것은 오장육부를 한 바퀴 돌면서 후끈하게 열을 품고 있다가 숨 쉴 때 코끝을 찡하게 때려주며 빠져나간다. 한 잔씩 늘어갈 때마다 심장박동 수는 빨라지고 나의 행복지수도 그만큼 상승하는 것 같다"(「술이 좋을 뿐」)고 밝히는 대목은 술자리에 앉아 있다는 착각이 들 정도로 표현이 섬세하다. 작가가 좋아하는 술 한 잔은 "나를 아껴주는 사람과 부딪히는 한 잔, 나에게 파이팅하며 따르는 한 잔, 서로의 마음을 듬뿍 담아 오가는 한 잔"이다. 그 석 잔이 『석시현문昔時賢文』에 나오는 '삼배통대도 일취해천수三杯通大道一醉解千愁(술 석 잔에 대도의 이치를 통하고 한 번 취하면 천 가지 근심이 풀린다)'의 경지는 아닐지라도 그에게는 의미 있는 석 잔일 것이다. 이 말에 엄청난 허풍이 숨겨 있다 해도 할 수 없다. 그보다 술은 그에게 더 소중한 의미인 그의 "살아가는 이유", 곧 실존의 확인이며 그래서 행복의 한 도구인 것이다.

그런 모습은 박효진이 커피를 마실 때도 확인된다. 바리스타이기도 한 박효진은 카페에 가면 언제나 에스프레소 마키아토를 주문한다. 그가 마시는 한 잔의 에스프레소는 커피의 전부가 된다. 검고 진한 액체의 향기가 그대로 전해지며 그 맛은 어떤 때보다 진실하다.

그가 묘사한 커피 마시는 장면은 한 편의 광고 영상을 떠올리게 한다. 숙련된 배우의 연기를 보는 듯 리얼리티가 살아 있다.

"뽀얀 우유거품을 살짝 얹은 에스프레소가 테이블에 놓인다. 탁자 위에 팔꿈치를 세우고 작고 앙증맞은 에스프레소 잔을 든다. 향을 충분히 맡은 다음 조심스레 한 모금 마신다. 나는 커피를 마실 때 입술로 우유거품을 막고 에스프레소가 먼저 혀에 닿도록 한다. 그러면 쌉쌀한 맛과 신맛이 먼저 혀끝에 느껴진다. 우유거품이 입술에 닿으면 부드러운 풍미가 입안 전체를 감싼다. 살짝 닿는 한 모금이 기분을 좋게 한다. 에스프레소를 주문하는 이들은 우유거품을 올려달라고 주문하는 경우가 별로 없다. 그것을 모르기 때문일 수도 있고 에스프레소의 쓴맛만을 음미하기 위해서일 수도 있다. '악마의 유혹'이라고 했던 커피 광고가 생각난다. 탁월한 표현이다. 커피 향에 반하면 참을 수 없는 유혹에 빠진다는 것 아닌가. 헤어나올 수 없다는 두려움도 있지만 두근대는 심장소리는 또 다른 설렘이다"(「악마를 만난 이후」)라는 장면에 이르면 독자들은 커피에의 욕구가 일어나면서 그가 마시는 에스프레소 마키아토의 맛이 궁금할 터이다.

또 다른 작품 「자연의 참맛」에서 박효진은 생식을 즐긴다. 그런데 '생식'이란 말이 생소하다. 언뜻 야만적이라는 생각이 들기 때문이다. 하지만 모든 음식을 익히지 않고 날로 먹는다는 것이 '생식'이라면 박효진의 생식은 그것과 다르다. 전체를 생으로 먹는 것이 아닌, 일부 먹거리에 한정돼 있다.

박효진의 '생식'은 오랜 지인의 채소밭에서 경험한 뿌리채소의 매력에서 시작되었다. 무심코 지나쳤던 먹거리라고 생각지 않은 풀을 맛봄으로써 들녘에 지천인 풀떼기들 대부분이 먹을 수 있는 식물이란 걸 알게 되었다고 적는다. 발견은 새로운 세계를 낳고 그 세계는 끊임없이 또 다른 발견을 재촉한다. "얼마 뒤 그녀가 식사 준비한다며 밭에서 채소를 한가득 들고 왔다. 그 중에는 동네 아주머니가 뽑아간 풀도 있었다. 잡초인 줄로만 알았는데 이것이 고들빼기였다니, 순간 당황했다. 그녀는 뿌리채소는 씻기만 해서 먹어보라 했다. 인삼처럼 향이 강하고 쌉쌀했다. 이 쓴맛 때문에 호불호가 갈린다던데 나는 오히려 향긋하고, 아삭한 뿌리의 식감과 흙냄새가 입맛을 돋운다고 생각했다. 그날 이후 생식은 나의 입맛을 완전히 바꿔버렸다. 아주머니가 호미까지 들고 와서 애써 캐간 이유를 알 것 같았다."(「자연의 참맛」)

그의 음식 이야기는 끊임없이 확장된다. "종잇장처럼 얇게 저민 돼지고기를 달짝지근한 양념이 잘 배도록 재워두었다가 연탄불에 태워가며 굽는 요리로, 비계 반 살코기 반인 부위지만 불향과 어우러지면, 그 맛은 1등급 차돌박이와 견주어도 밀리지 않았다. 야들야들한 고기는 꼭꼭 씹지 않아도 국수를 먹을 때처럼 후루룩 잘 넘어갔다"는 '북성로 연탄불고기'가 그것이다. 필자는 대구 북성로가 어디에 있는지 알지 못하고 행여 음식을 먹다가 연탄가스를 마시게 될까 두려운데, 작품 속 인물은 연탄을 앞에 두고 고기를 먹는다. 이 구절을 읽는 순간 죽기를 각오하고 복어의 독을 음미한다는 미식가들이 떠오른다. 그러나 작품은 나의 연상과는 거리를 둔다. 불고기가 익어가는 과정을 지켜보며 그 고기를 곧 먹을 수 있다는 기대에 찬 '어린아이'의 심리를 읽으며 불안 부분은 꼬리를 감춘다.

"연탄에 빨갛게 불꽃이 피면 석쇠에 놓인 고기에서 기름이 떨어지고 하얀 연기가 올라온다. 고기 양념이 타는 달콤한 냄새가 식욕을 자극했다. 상 위에 버너를 올려놓고 불판에는 은박지를 씌웠다. 주인이 초벌된 고기를 가져와 달궈진 불판에 올리면 아빠가 집게로 고기를 쫙 펴주는데 시선을 뗄 수가 없었다. 침을 몇 번이나 삼키며 기다리는 그 시간이 세상에서 가장 길게 느껴졌다. 드디어 아빠의 '먹자'란 말이 떨어지면 나는 숟가락으로 고기를 마구 퍼먹었다. 잘하지 못하는 젓가락질로는 언니들의 속도를 따라잡을 수가 없었다. 몇 날을 굶은 것처럼 전투적으로 꾸역꾸역 목구멍에 밀어넣어도 고기는 입안에서 자꾸만 녹아 없어졌다. 엄마가 탄 음식은 몸에 좋지 않다고 했지만 이 불고기는 일부러 태워 먹는 음식인지 거의 까맸다. 그런데 나는 그 부분이 더 맛있었고 심하게 태운 것만 집중적으로 골라 먹었다."(「북성로 연탄불고기」) 먹어야 살아남는다는 절박함에서 여유로워진 삶으로의 이동은 작가로 하여금 음식에 대해 탐미적耽味的 관찰과 해석을 하도록 하지 않았나 싶다.

이야기는 여기에서 끝나지 않고 반전을 보인다. 박효진은 이 글에서 지나간 어느 날의 추억을 소환한다. 몸이 아파 아무것도 먹을 수 없는 선배를 떠올리면서 그 음식이라면 선배도 먹을 수 있을 거란 기대를 버리지 않는다. 선배는 불고기를 "몇 번에 나눠 남김없이 먹었다고 했다. 물도 삼키기 싫었는데 그건 술술 잘 넘어"갔다며 고마움을 적었다.

「아빠와 닭곱창」에서는 시력이 떨어져 안경을 써야만 하는 어린 딸에게 돈이 없어 해줄 수 없는 아버지의 안타까운 마음을 담았다. 당장 안경을 해줄 수 없는 아버지는 어린 딸을 데리고 허름한 식당으로 들어간다. 처음 보는 이상한 식재료에 거부감이 들 수도 있지만 닭곱창이 익어가면서 풍기는 맛을 거부할 수 없다. 아버지는 안주 없이 술만 마시고 어린 딸은 잘 구워진 닭곱창을 먹는다. "첫 느낌은 고무줄 씹는 감촉이었지만 부드러웠고, 닭곱창 특유의 고소함이 은근하게 올라왔다. 불향을 입은 매콤한 곱창의 맛은 씹을수록 식욕을 끌어당겼다." '나의' "젓가락질이 빨라지자 아빠는 미소를 지었다"는 안경을 제 값에 맞춰줄 수 없어 안타까워하는 아버지의 심정은 사라진 후이다. 그저 당신의 딸이 맛있게 먹는 모습만이 중요할 뿐이다. 어린 작가도 "닭곱창 맛에 빠져" 무리하게 안경값을 깎았던 아빠의 부끄러웠던 모습을 하얗게 잊어버린다.

기지개를 켤 수 있는 삶

안경을 제때 해줄 수 없는 아버지였지만, 아버지가 있는 것과 없는 것에는 하늘과 땅만큼의 차이가 있다. 아버지의 부재는 박효진으로 하여금 특화된 삶의 방식을 암암리에 선택하도록 했을 것이다.

테너 박인수는 언론과의 인터뷰에서 "아버지가 없으면 아들이 강해진다"고 말한 적이 있다. 한국전쟁 시기 서울시청에 근무하던 아버지가 서울시청이 이전한 대구로 내려가고 가족은 수원에 남아야 했다. 생활비를 제때 받지 못하자 중학생이던 소년 박인수는 신문과 미군부대 물품을 팔아서 어머니와 자신 포함 5남매의 생계를 보탰다. 아버지의 부재가 아들을 강하게 만든다는 박인수의 말은 그때의 깨달음이었다.

박효진의 경우는 아버지가 별세했기에 박인수와 내용은 다르지만 가장의 부재라는 점에서는 같다. 그리고 그런 상황에서 박효진의 어머니가 가장의 역할을 했고 그것을 딸 다섯이 목도하면서 성장했다. 박효진의 가정에서는 어머니가 강해졌다. 어머니의 강함은 다섯 딸에게 그대로 전이되고 그들은 각박한 세상에서 살아가는 방법을 스스로 터득한다. 박효진 또한 네 명의 언니 밑에서 어떻게 견뎌야 자신의 존재를 유지할 수 있는지 그만의 방식으로 익혀나간다.

박효진 식의 삶의 방식이 잘 드러나는 작품은 표제작 「너의 이름은」이 아닌가 한다. 잔디를 이기며 자라나는 네잎클로버를 두고 자신과 비교하는 이야기로, 어려서부터 언니 네 명의 등쌀에 눈치만 늘었다는 작가의 고백은 정원의 아름다운 꽃보다는 들녘의 잡초가 자신과 더 잘 어울린다는 말로 병치된다.

"토끼풀처럼 살고 싶다고 다짐한 적이 있다. 다섯 자매 중 막내인 나는 센 언니들 사이에서 생존을 위한 비굴함을 택했다. 어떻게 하면 칭찬받고 예쁨받는지를 경험으로 터득했다. 사회생활을 하면서도 마찬가지였다. 나를 조금만 숨기면 어떤 문제도 생기지 않았다. 서로 간에 갈등을 일으키는 것보다는 조금 내려놓고 내 것을 덜 챙기는 쪽을 택했다. 낙오자가 되는 것보다 어떻게든 버티는 쪽이 현명하다는 생각이었다. 잡초처럼 산다는 말은 나에게 부정적인 의미가 아니었다. 강인한 생명력으로 끝까지 버티는 것만이 잡초의 의무라고 생각했다."

토끼풀, 비굴함, 예쁨받기, 숨김, 덜 챙김, 버티기, 잡초 같은 단어들은 박효진의 삶의 행로를 상징한다. 이 수필집에 수록된 글들에서 작가는 스스로의 결정을 미루며 판단을 독자의 몫으로 남겨놓는 것을 볼 수 있다. 그것은 작법의 기교라기보다는 그의 성정을 무의식중에 드러낸 것이다. 앞에 나서기보다는 뒤에 머물러야 안전할 수 있다는 이치와 같다. 뒤에 머무르면 끝까지 버틸 수 있다는 것을 작가는 터득한 것이다. 강한 자가 살아남는 게 아니라 뒤에서나마 포기하지 않고 버티는 자가 결국 살아남는다는 것을 안 것이다. 그것은 스스로 터득한 생존의 비결이었다. 그러나 박효진은 거기에서 멈추지 않는다. 지금까지 억척스럽게 살았지만 살아남으면서 강해졌고 꿈도 가지게 되었다. 그 꿈은 돈을 많이 벌어 부자가 되어야겠다는 쪽이 아닌, 문학을 통해 자신을 발견하고 그 발견을 키우고 싶다는 의지 쪽으로 향한다. 그것은 「힘 빼세요」에서 잘 드러난다.

잘 쓰고 싶은 욕망에서 "나만의 문장을 만들어 독자들의 공감을 얻고 싶다는 바람으로, 좋은 문장을 여기저기서 뽑아와 그럴듯한 흉내를 내보기도 했다". 그러나 그런 꾀는 이내 노출되고 말았다. 그래도 최고가 되려는 꿈은 더욱 새로워진다. "나에게도 언젠가 어깨에 힘 줄 날이 올 것이다. 최고가 되었을 때 줄 수 있는 힘. 그때도 힘을 줄 게 아니라 지금까지 웅크리고 있던 어깨를 쫙 펴고, 늘어지게 기지개라도 한번 켜줘야 하지 않을까."

박효진은 수필을 쓰면서 비로소 진짜 자신을 발견한다. 잡초로서의 삶이 나쁘지 않았음을 보여준다. 그가 살아온 시간은 긴장의 연속이다. 무엇을 하든 무의식 중에 몸이 움츠러들고, 자신도 모르게 몸에 힘을 주게 되지만, 힘을 뺌으로써 모든 것이 훨씬 자유로워진다는 이치를 알게 된다. 기지개는 모든 힘을 몸에서 뺀 후에 켤 수 있다. 박효진이 수필을 쓰는 이유는 이런 발견과 진화를 경험하기 위해서일 것이다.

박효진 수필집
너의 이름은

지은이_ 박효진
펴낸이_ 조현석
펴낸곳_ 북인
디자인_ 푸른영토

1판 1쇄_ 2023년 02월 11일

출판등록번호_ 313 - 2004 - 000111
주소_ 121 - 842 서울 마포구 서교동 460-34. 501호
전화_ 02 - 323 - 7767
팩스_ 02 - 323 - 7845

ISBN 979-11-6512-073-3 03810

책값은 뒤표지에 있습니다.
저자와 협의 아래 인지를 생략합니다.